你只是不会表达

说话有技巧/情绪能自控/行为不离道

鲁西西◎著

文汇出版社

图书在版编目 (CIP) 数据

你只是不会表达 / 鲁西西著. — 上海：文汇出版
社, 2017.7
ISBN 978-7-5496-2177-4

Ⅰ. ①你… Ⅱ. ①鲁… Ⅲ. ①随笔 - 作品集 - 中国 -
当代 Ⅳ. ① I267.1

中国版本图书馆 CIP 数据核字 (2017) 第 144226 号

你只是不会表达

著　　者 / 鲁西西
责任编辑 / 戴　铮
装帧设计 / 天之赋设计室

出版发行 / **文匯**出版社
　　　　　上海市威海路 755 号
　　　　　（邮政编码：200041）

经　　销 / 全国新华书店
印　　制 / 河北浩润印刷有限公司
版　　次 / 2017 年 8 月第 1 版
印　　次 / 2022 年 7 月第 4 次印刷
开　　本 / 710×1000　1/16
字　　数 / 146 千字
印　　张 / 15

书　　号 / ISBN 978-7-5496-2177-4
定　　价 / 38.80 元

序言：人们关于情商的误会

有一次，我在网上分享"沟通技巧"时，看到有个网友说：我才不管什么情商呢，整天要委屈自己去迎合别人，说言不由衷的话，这么虚伪累不累啊！

有些人认为，在沟通中讲技巧、讲情商就是不真诚。其实，这是一种误会。

有一天，我在一场活动中遇到一位前同事。我对他的印象有点不好，他曾经在背后说过我的坏话，不巧，坏话又传到我的耳朵里。

然而，我需要告诉他"我不喜欢你，因为我知道你在背后讲过我的坏话"吗？如果我这么说，必将导致这次谈话不欢而散。

那么，面对一个彼此在心底可能对对方怀着轻微敌意的人，我该和他聊什么好呢？

我想了一下，这个人虽然给我种种不好的印象，但我记得他还是做过好事。

有一次，一位同事的妈妈生病了，去他工作所在的医院看病。同事打电话请他帮忙，他不仅热心地替同事的妈妈挂号、找医生，还花了一个上午的时间热情地陪同事的妈妈做检查、诊断、取药……直到就诊结束。

于是，我决定和他聊这件事：听说上次某某的妈妈去你们医院，你还陪同了一整个上午，我知道这件事后觉得挺感动的。你那么忙，本来没必要这么做，一般顶多带人家到医生那儿打个招呼也就够了。估计有很多熟人来医院找你帮忙吧，你忙得过来吗？

我这么一说，他马上高兴地告诉我，他是怎么想的，为什么要这样做，之前还帮助过哪些人……

这次交谈，让我们对彼此有了新的认识。

我发现，他其实没有我想的那么讨厌，而是一个热心且仗义的人。抛开之前的成见，我们成了好朋友。

一次恰当的沟通，是可以打开人心的。

那么，我虚伪吗？

可我对他的赞美，对这件事表达的态度，是百分之百真诚的，我只是有意回避了可能会令我们产生不愉快的话题。

为什么非要和别人聊不愉快的话题？那样，最后也会令自己不愉快。

即使面对不那么喜欢的人，也完全可以找一个愉快的话题来展开沟通。

真正的会沟通，并不是要你说谎，或者恭维人。要知道，虚伪的恭维不仅委屈自己，也无法打动对方。

每个人都有他的闪光点，你只需要赞同他的某一个方面就可以了。

沟通有技巧，情商也可以练习，就让我们从头开始吧。

目 录

Contents

第一辑

心理热身——做人要懂心理学

∙∙

多少人在以这份工作不是我喜欢的为由，来允许自己敷衍人生；多少人在以这种生活不是我想要的，来允许自己堕落而颓废地混日子。一个人的优秀，不是你在自己最喜欢的工作上做到最好，而是在毫无选择的情况下，也不会放弃努力。

1. 负面情绪是快乐的催化剂

一位网友问：怎样才能时时保持好心情？

回帖中各种出谋献策，有人建议他保持充足的睡眠，有人建议他每天对着镜子赞美自己，有人建议他多吃能令人快乐的食物……来自各行各业的精英，从科学、医学、心理学等不同角度解答了这个问题。

我不管什么科学道理，以一贯无厘头的角度回答：亲，这是个伪命题。

在这个世界上，没有人可以时时保持好心情，无论多有智慧、内心多么强大的人，都无法让自己一直快乐。亦舒说："我每天快乐的时间加起来有三十分钟，已经是奇迹了。"所以，就算你照着前面所有人给你的方法去做，你也无法避免坏心情！

因为，这就是人生。忧伤是人生的底色。

你要学会去接受每个人都会有心情不好这个事实——就是在你心情不好的时候，也要平静地享受心情不好。不要徒劳地去与它抗争，不要总是想：我为什么不快乐？我要怎么变快乐？

就像失眠的夜晚，我会让自己愉快地接受失眠，不妄图与它作战，不想打败它，只是坦然地和它共处。每次睡不着的时候，我只想：太好了，因为失眠，我的时间变多了，我可以去做我平时没时间做的事。

失眠的时候，我会看书，吃东西，享受一个寂静的夜晚，直到想睡了再睡。据说，那些大人物和工作狂每天只睡三到五个小时，也一样长命百岁。我想：我偶尔一次没睡，有什么好担心的呢？结果，失眠就悄悄地溜走了。

如果你总想着失眠，不仅会被失眠伤害，更会因为失眠所带来的焦虑遭遇二次伤害。

不快乐也是如此。

企图强行让自己变快乐的人，你会因为你的不快乐而不快乐，所有的努力，只不过为自己多提供了一种庸人自扰的方法。

几年前，我的一位朋友因为做生意失败了，亏了很多钱。他情绪低落，我安慰他："如果你此刻已经到了低谷，那么我要恭喜你，你很快就会触底反弹了。"

人生如股市，有涨就有跌，有低就有高。想变成一条直线，那怎么可能，除非你死了。情绪也是相对的，只有经历痛苦，才能感知快乐——就像经历下雨天，才会迎来彩虹；因为阴天的存在，晴天才变得弥足珍贵。

幸福从什么地方来？幸福不从幸福中来，从痛苦中来。幸福不是天生的，因为有了痛苦，幸福才成其为幸福。

这句话很绕，举个例子：很多人说健康就是最大的幸福，可惜这种幸福，正常人往往感受不到。

直到某天，你去医院体检，医生告诉你，你患了恶性肿瘤，你的情绪会咣当一下跌入低谷，瞬间痛苦至死。于是你以泪洗面，生无可恋，毫无快乐可言地度过了人生最痛苦而漫长的一周。

不料，换了一家医院做检查，结果又告诉你，你没得癌症，之前只是误诊。就这么简单的一句话，"DUANG"一声，又把你送到了云端，你体会到了有生以来前所未有的最大快乐。

所以，快乐来自比较，来自对你的人生无伤根本的痛苦，就像你懂得金钱的快乐，是因为你经历过贫穷。

有钱的富二代肯定不会因为中奖五百万而欣喜若狂，但是你会啊！难道给你的钱是钱，给富二代的钱不是钱？当然不是，因为富二代一出生就有钱，他们在这种状态中生活得麻木了。

当你感到悲伤的时候，请尽情享受你的悲伤，享受流泪的感觉，在心里告诉自己：感谢天，我的心还没有变得麻木。因为快乐最大的敌人，不是痛苦，而是麻木。

任何长期保持一种情绪的人，都会变得麻木。老天为了让你感受快乐的存在，才让你的人生时饱时饥，时好时坏。不要一直好，不要一直坏，保持一定的痛苦是快乐的秘诀。

就像你会因为一顿大餐而快乐，是因为那些好吃的你很久没吃了。你要是天天吃好吃的，久而久之，好吃的也会变得不好吃了。对于美食最好的享受，是浅尝即止——暴饮暴食最终会让自己食不甘味。

对人生最好的体验，是喜忧参半，天天总想方设法去找乐子的人，最后肯定会无聊至极。

这样，每个童话只能写到这里就结束了：王子和公主从此过上了幸福快乐的生活。因为，这是他们的爱情苦尽甘来的高潮。再往下，快乐只能每况愈下，他们会在幸福生活中麻木，从而产生新的不快乐。

所以，要给大团圆的故事写续集的人，总是会在一开始给主角制造新的苦难和麻烦，这是为什么？人们只爱看苦难和麻烦的情节吗？

不不不，因为写故事的人都知道，最大的快乐不是一帆风顺，而是苦尽甘来。只有开始的剧情越痛苦，后面的圆满才显得足够圆满，快乐才更快乐。

只想拥有好心情的人，就好像要让日子变得只有晴天，没有雨天；只想要让世界只有白天，没有黑夜。

但是，痛苦才是快乐的源泉。因此，当你感觉痛苦时，请安静地享受它，因为这只不过是快乐要来的前奏。

2. 克服浮躁心理：将小事做到极致

一个孩子的妈妈对我说："我也想变得更好，可我只读到了初中，我只能找到营业员的工作。受自身条件限制，我再努力也没有用，没有办法改变现状。"

有这样想法的人觉得努力没什么用，不想浪费力气，所以是做一天和尚撞一天钟。

如果你只能做营业员，那么，我们来想象一下：你是福州乃至中国最好的营业员……呃，不要笑，请看下面的案例。

不知道从什么时候开始，福州招了很多大爷大妈做交通协管员。

这是一份辛苦而低薪的工作。我每天看到很多交通协管员站在路口挥舞着小旗子指挥交通，还有少部分人躲在很远的大树下聊天、乘凉，还有一些人会跟行人发生激烈的争执。

不守交通规则的人对交警还有几分忌惮，然而对协管员的话根本不听：你管我？你算老几啊？双方马上就吵起来了。

有一段时间，我总是经过杨桥路与二环路交界的路口，那里的一位交通协管员给我留下了深刻的印象——无论烈日还是下雨，他总是戴着雪白的手套，挺拔地站在了路中央，用最标准的姿势指挥着交通，每个动作都一丝不苟，充满力量。

我每次看到他，总是又感动又敬佩：将一份平凡的工作做得这么用心用力，他一定很热爱这份工作吧。

他指挥的那个路口，人流量极大，但是却很少有人违反交通规则。行人一反常态地听从着他的指挥：他迎面伸出手掌，人群就停；他一挥手，人群才走。这说明，对于一个由衷尊重自己工作的人，无论他在什么岗位，人们也会对他给予尊重。

后来，有一天我上网搜索，发现他感动的不只是我——微博和论坛上也有网友自发的、铺天盖地的赞美，他还多次上了报纸、电视，被选为"十佳交通协管员"。

我在一篇报道中看到，在这个岗位工作了六年的他，一个月工资才 800 元，但他说，既然做了，就要热爱它。

一个月只拿这么点钱，应该没有人要求他这么做。然而，无论工作多卑微，无论薪酬多低廉，要做就做到最好，这就是一个人在平凡生活中的英雄梦想。

不得不再次提起这位大妈的名字：新津春子。她是二战遗孤的子女，从小在中国长大，回到日本后因为不懂日语，只能做清洁工的工作。她没有因此而自怨自艾，而是努力学习怎样做一名最好的清洁工。

有了 21 年的工作生涯，她不再是个简单的清洁工。她对 80 多种清洁剂的使用方法倒背如流，也能够快速分析污渍产生的原因和组成成分。

没有人要求她这么做，也许，她只是为了让自己从平凡而乏味的工作中找到乐趣和成就感，让自己喜欢这份工作。

然而，她成了保洁领域中的专家、科学家，成了管理 700 多人的保洁主管，打扫出了世界上最干净的机场。

电视台专门为她拍的纪录片中，记录了她处理不锈钢饮水台的过程：必须利用强酸洗液祛除饮水台上粘着的漂白粉。如果强酸停留的时间过长，则可能导致腐蚀，反而使不锈钢失去光泽。她能掌握最佳时间，在溶解漂白粉的同时迅速冲掉强酸洗液，让饮水台恢复以往锃亮的光泽。

多么励志的清洁工！

所谓成功，并不是要每个人都去做企业家，当艺术家，而是如果你无法选择你喜欢的，就去喜欢你的选择——当你手里有根甘蔗，就榨甘蔗汁；手里有个柠檬，就做柠檬水；当你只能做协管员，就做最好的协管员；当你只能做清洁工，就做最优秀的清洁工。

多少人在以这份工作不是自己喜欢的为由，来允许自己敷衍人生；多少人在以这种生活不是自己想要的，来允许自己堕落而颓废地混日子。一个人的优秀，不是你在自己最喜欢的工作上做到最好，而是在毫无选择的情况下，也不会放弃努力。

我有一个同事，刚买了房子，邀请办公室的人去她家吃饭。

酒足饭饱之后，其他人在看电视。我玩她家的 iPad，结果发现上面下载了五六个学做菜的 APP。一问才知道，iPad 是同事老公的，同事说："以前老公住集体宿舍没条件做饭，现在有了自己的房子，就想要好好学做菜。"

我当时称赞道："生活态度很好，好学上进，一看就是个文艺青年。"

过了一段时间，又上这位同事家玩。这回看到他们家的 iPad 换了几个关于怀孕知识的 APP。很显然，他们在备孕。

成功是一种人生态度，是把你手头的事情，把你力所能及的事情做到极致：想做饭的时候，全心全意学做饭；想升职的时候，全力以赴提升业绩和处理好人际关系；在你只能找到营业员工作的时候，去做最勤快、友好的店员……

以这样的态度去面对你的人生，我相信，你不会永远停留在社会底层。

我有个朋友一边工作一边带孩子，忙得不可开交。隔了一段时间，没想到她考过了普通话二级乙等考试。

朋友告诉我：每天带孩子，要给孩子讲几个故事。天天都要讲，时间一样都用了，就想讲得更好，于是下了普通话APP软件练习。孩子的书上都有拼音，每次讲故事，就以播音员的标准要求自己，这样，又教孩子又教自己……

谁说带孩子和太忙是可以不努力的借口，你在乏味里追梦，在尘埃里也可以开出花来。

将小事做到极致，给自己的平凡生活造就一个英雄梦想。

在将一件又一件小事做到最好的过程中，你会慢慢成长和强大，你会成为一个你想成为的你，一个你喜欢的你。当你身上散发着认真、坚持、努力、乐观的气息，你会因此充实而快乐，并且还会成为孩子的骄傲与榜样。

你，值得尊敬。

3. 偏执人格：你在逆行却浑然未觉

你有没有特别不喜欢某个职业的人？

我有。其实，在很长一段时间里，我都特别讨厌老师。

我在某篇文章里写过，我上小学五年级的时候，班上来了一个特别爱掌掴学生的班主任，几乎所有同学都被她打过脸。

有一天，我在路边捡到一只小兔子，把它带到了学校里。然后，她逼着我当着全班同学的面承认那兔子是我偷来的，我每次想要解释，她马上就一耳光一耳光地招呼过来。

几个回合之后，我就在屈打中默认了。那一刻的耻辱感和无助感，至今令我心有余悸，我一辈子都不会忘记。

其实，这个故事还没完。

时隔两年，我妹妹又不幸落到她手上，也是各种悲催。

这老师爱打人不说，罚起人来也特别凶，哪个学生的作业只要做错一道题，就要罚抄一百遍。

所以，几乎每个周末我们都是在抄写中度过的。于是，我不得不把一只手握三只笔，同步抄写三行字的独门秘诀传授给我妹妹。

那时候我刚上初中，有一天妹妹要开家长会，我妈临时没空，差我去。开家长会要签字，久别重逢，这位老师对我说的唯一一句话是："你写的字还和你妹妹一样难看！"

我当时还是尿，敢怒不敢言，只能将心中汹涌的恨意化作回去练字的动力。不久之后，我就因为天天临摹课本，写得一手印刷体。

很多年以后，有一次我和妹妹逛街，不巧在一家商店里与她不期而遇。我们两个女生充满默契地同时转身，给她一个沉默而怨怼的背影。时隔经年，仍然觉得不能原谅她。

在她之后，我经历过各种风格的老师。对每一位老师，我都下意识地抵触，都没有办法亲近和喜欢起来。

我是个喜欢自由的人，而老师是除父母外，一生之中给过我约束最多的人。这种情绪一直延续到成年以后。

有一次，我和一个当老师的网友发生争执，还嘲讽他："我觉得教师队伍里很有一些自以为是的家伙。"即使我妈曾是老师，我妹妹后来也当了老师，也没法改变我对这个职业的看法。

直到有一天，我才开始反省自己。

那是因为教师节去参加同学聚会，看到别的同学对老师态度热情又亲昵，又看到很多同学纷纷发文，真挚地怀念和感激老师，而我却毫无感触与共鸣时，开始怀疑自己——

为什么我无法拥有像别人那样对老师的感情？为什么我从来就没有特别喜欢一个教过自己的老师？为什么我从来没有像别人一样怀念和感激老师？

是因为我遇到的老师全是坏老师吗？如果是，到底是为什么？

然后，我才想起那个时期的我异常叛逆，我最喜欢和老师唱反调——上数学课看语文书，上语文课看历史书，上历史课看《故事会》……我只记得老师批评我、处罚我，却完全忘记了自己曾做过什么。

我突然间意识到，如果一个人觉得所有老师都坏，或许根本是因为自己曾经是个坏学生。有了这样的认识后，我又进一步想起，其实，我不是没有遇到过好老师——

曾经是某位老师将我作文本上幼稚的句子逐一画出来，鼓励了当时的我；

曾经是某位老师总喊我去她宿舍补课，还煮东西给我吃；

曾经是某位老师一直赞扬我，鼓励我小小的进步……

而这些一点一滴的好，因某个老师给我的巨大阴影，被我全盘忽略了。

前几天，网友给我讲了一个笑话："老公，开车注意点，刚才新闻报道说，高速上有个人在逆行开车。"

"岂止是一个人！我看到他们所有人都在逆行！"

当我们看到所有人都在逆行的时候，是因为我们自己才是真正逆行的那个。

想起很多年前，有位挚友不顾周遭所有人的反对，执意要做某件事。当时，她对我说："你们所有人都不懂我，不肯支持我。"我回答她："既然大家都劝服不了你，我只能表示支持，但是，我希望你未来不要因此而后悔。"

很多年过去了，她告诉我，她后悔了！

在生活里，我们往往会成为一个逆行而不自知的人。

当我们觉得连家人、朋友都要和自己作对的时候，当我们的想法和周遭大多数人背道而驰的时候，我们的确该反省一下：到底是因为真理只掌握在少数人手上，所有人都不懂我的心，还是因为我们在自己的人生里逆行？

4. 黑暗的蝴蝶效应

我家附近有一间修车铺，那里的修车师傅善良又淳朴，平常给人修车收费低廉，有时修理个自行车小毛病还不肯收钱。

像他这样的普通打工者，仍然愿意对陌生人慷慨给予，而我只能以多光顾他店里生意的方式来回报他。

当我说："我所能做的最大的善良，就是让善良的人用安心而体面的方式赚钱。"

有的人无法理解，问我："你想要帮助他，你消费的时候直接多付些钱给他不就行了吗？这么简单的事，为什么搞得那么复杂？"

我当时回答："多付给他钱，不足以改变他的人生，反而会因廉价的同情伤害了对方的自尊。"

你们还记得《渔夫和金鱼》的故事吗？

故事里的老太婆总是不满足，向金鱼提出了一个又一个得寸进尺的要求。所有人都在指责老太婆的贪婪，却没有人思考过金鱼的问题。

问题就是：金鱼一直在以提供不合理的礼物的方式，"引诱"它的恩人。

渔夫夫妇原本只是一对善良淳朴的普通人，是金鱼提供的一种叫"不劳而获"的超级诱惑开启了老太婆的欲望之门，令她失去善良的本性，一步一步变成贪婪之人。

我们扪心自问：自己能否经得起这种诱惑？

如果一条金鱼对我说：我可以满足你的任何一个愿望。

也许，我会不假思索地对它说：我的愿望就是先把一个愿望变成十个。

所以，有时候你以为你很正直，可能是因为你没有经历过很大的诱惑；你以为没钱你也会很快乐，可能是因为你还没体验过真正有钱人的生活；你仍然能做一个好人，可能是因为你从未面临过真实的人性考验。

若以我的财力，足以改变一个好人的命运，我会送他一笔巨款吗？

不会。

曾经有一条新闻称，有记者追踪报道国内外那些中了巨额彩票的人，发现其中的很多人处境悲惨。因为他们无法适应穷人乍富，所以开始无度挥霍，甚至吸毒、赌博、离婚等，迅速返贫的现象比比皆是。

总之，这些人的人生以各种悲剧收场。

所以，把财富送给一个在智商、财商、人品上无法驾驭它的人，它有可能会是一只"潘多拉魔盒"。

前阵子，一位著名企业家说，他会帮助那个和他长得很像的小男孩。

企业家富甲天下，想帮谁都是举手之劳，但他并没有简单地送那个小男孩多少钱，或者一套房子，而是仅仅承诺会供他上学，直到大学毕业。

中国有句古话说，"授人以鱼，不如授人以渔"，这才是对一个人最好的帮助。

金鱼想要报答渔夫，最好的方式是：教给渔夫更厉害的捕鱼知识和技术，让渔夫能靠自己的劳动获得幸福，而不是"你想要啥，我就给你啥"——这种诱惑和考验谁经受得了？

有时候，慈善并不意味着在做好事，反而可能在做坏事。

有资料表明，非洲的许多贫困地区在长期接受世界各国的大量捐助之后，当地的贫困状况并没有得到改善，反而表现出贫困加剧的迹象。为什么？

这就像动物园对野生动物的圈养。

如果野生动物生活在大自然中，它们能够自食其力，遭遇困境时也能寻找新的生机。

然而，如果将野生动物长期圈养，结果会导致它们丧失生存能力和机会，沦为只能等待别人投食的"宠物"。一旦投食中断，它们只会饿死。

真正能帮助穷人摆脱贫困的，不是"投食"，而是让他们获得一定的信息和见识，找到适合自己的致富之路。

比如，国内有一些原本极其穷困、如今非常富裕的村镇，都是因为其中有人敢闯敢干，寻找到了新的发展方向，并带领当地人一起干出来的。

我看到过这样的报道：

有些原生态地区的一些旅游景点被开发出来后，很多游客在当地旅游时，看到衣衫褴褛的小朋友觉得很可怜，经常会主动施舍些钱物，结果导致了这些地方的失学率直线上升。

这是因为，当地那些贫穷的家长发现，这种方式有利可图，可以不劳而获，于是，直接让孩子辍学上街"赚钱"去了。

还有一种现象与此类同：许多人看到小孩乞讨，往往同情心大发，会多给钱。由于童乞的"回报率"高，导致被一些坏人所利用，让更多的孩子沦为了乞讨工具。

这就是当前童乞现象常见的根本原因。

我曾经看过一个有关孤儿院的故事：主持孤儿院的修女显得有些"冷血"，她拒绝人们给孤儿院所有物质上的施舍和帮助，包括给孩子的糖果、玩具等小礼物，她宁愿让孩子们受苦受穷。

当时我不懂，后来才明白：一个人会在别人的帮助或施舍中产生某种期待，这种期待如果一直被满足，会激发人贪婪的恶念；如果这种期待被鼓励后又突然中断，会严重挫伤人基本的善良。

所以，我们在做一件好事的时候，不仅要考虑初衷，还要考虑这种行为会带来的"蝴蝶效应"。

5.焦虑心理：影响你情绪的是境遇

有一次，我去参加同学聚会。回来后，和我私交甚好的 A 跑来向我打听 B。A 当天有事没去，她迫切地问我："你见到 B 了吗？她过得好吗？"

A 与 B 从前在学校时关系不错，她是出于关心而问。我想了想，决定诚实作答："虽然她没说什么，可是，我不知道我的判断对不对……"

N 年一遇的同学聚会，一场盛大的久别重逢，每个人都不会怠慢，大家难免要捯饬一番。女生多少会化点妆，做下头发，或穿比较好看的衣服来。所以，从外表上看，似乎每个人都春风得意。

B 也是。

看得出，她特意打扮了一番，衣服也很考究，拿一台最新款的手机，言笑晏晏。可坐在她旁边的我，不小心看出了一个小小的破绽——落叶一般暗黄多皱、经历了沧桑的手，暴露了她过往的景况。

那双过早衰老的手，令我在宴席之中有片刻的走神，我悲伤地想：这些年她一定很辛苦吧！

前几天看一篇文章说，女生喜欢买名牌包，除了喜欢包包本身，是因为她们觉得——昂贵的包包可以让自己看起来过得很好，背一只LV包，会让自己有跻身上流社会的感觉。

然而，很多人不知道，一个人过得好与坏，一个人的生活经历，分明已经写在身上、脸上、手上——举手投足之间，满脸的憔悴，带着印记的双手，无聊的谈吐，已分分钟出卖了自己。那些参加聚会之前下血本临时购置的身外物，那些名牌衣服、包包，是无法粉饰太平的。

你过得好吗？

不需要开口问。当我轻轻握住你的手，就能碰触到你的过往与沧桑。

也许，过得好不好是一件见仁见智的事情，因为幸福没有绝对标准。可我相信，真正幸福的人，应该是身体健康、内心快乐的——拥有一双粗粝、僵硬双手的女人，不管是否锦衣在身，总是很难让人觉得她过得很好。

有一次，我在省图书馆被管理员训斥。

当时，我只是想帮她把借出的七本书分类一下，不料点燃了她一触即发的神经。她以凶她儿子的语气大声说："我还没有扫码，你干吗帮我拿过去！现在又乱了，你怎么搞的，你不要动！"然后歇斯底里地摇头叹气。

莫名其妙地被凶，我吃惊地睁大眼睛望了她一眼，她怎么会突然生气呢？我心想，她的心情一定不好，一件小事就把她气成这样。

后来，我注意了一下她，发现每次看见她，她都在生气，都在不断地骂借书的人。她的脾气这么暴躁，对不相干的人也总是气急败坏，我想，她一定过得很不好吧？

一个境遇好的人，一定是不疾不徐、气定神闲的，因为他被世界温柔对待着，也懂得温柔地对待世界。而容易生气的人，往往是在生活重负中伤痕累累的人，只要随便一点摩擦，他就破溃，一触即发。

你过得不好，不仅你的脸、你的手会背叛你，你随时失控的情绪也在不停地向全世界宣告：各位，我是个怨妇，我每天过得很不开心，我的生活很不好。

正常人都不想博取别人的同情，但为了让自己在同学、亲友面前看起来过得很好，也就造就了很多爱面子的人拼命赚钱，也成为买包、买房、买车的动力。

可是你人生最重要的证明，你拥有的最重要的奢侈品，不是那些物质，不是那些名牌衣服，不是十万块的包包，不是百万豪车，不是千万别墅，而是你的脸、你的手、你的身体，还有你的心。

如果你想向世界证明你过得好，一定先要把它们呵护好。

6. 端正态度：温柔沟通的关键

一位女网友问我："我和男朋友在一起受到身边所有人的反对，因为他是外地人，学历低，家里条件一般。家人希望我嫁给一个和我门当户对的本地人，你认为我该如何选择？"

我明白女网友的心理，其实，她并不是真的想要征求我的意见，而只是想从我这里获得一张"票"——支持她那被全世界反对的爱情。

我没有让她如愿。

我对她说："你的父母、亲友、同学，才是这个世界上最了解你的人，他们不约而同地做出反对，必然有一定的道理。"

果然，她马上开始长篇大论地反驳我："我和他在一起很开心，我们是真心相爱……"

我不紧不慢地答道："可是你却跑来问我你该如何选择——这就让我无法相信，你们是真爱。其实，你对这份感情已心存犹疑，因为真正相爱的人是永远不会问这类问题的。

"你不是来咨询我的，而是来为自己的选择找'替罪羊'的。如果我的答案配合不了你内心的真实想法，你会再去问下一个人，一直问一直问，直到收集足够多的你想要的答案……

"因为这样做了，以后当你对自己现在的选择后悔的时候，你才会更容易地原谅自己——你可以告诉自己：并不是我愚蠢，都怪那些不负责任的情感指导者误导了我。"

所以，我通常不愿意帮助那些太过于纠结的咨询者，去鼓励对方做出更倾向于他们内心的那个选择。这是因为，他们无法对自己的选择去负责，所以在面对选择的时候，他们已经预感到自己未来可能会后悔。

就像上面说的那个女网友，她的心是软弱、摇摆、怀疑的，这将会令她在选择和所爱的男朋友在一起之后，因为在婚姻里面临贫穷和困难而后悔。

同样地，她如果选择和那个家人所看好的，与自己门当户对的本地人在一起后，她也会因为对前任念念不忘而后悔。

说白了，她是一个面对自己内心的所思所想无法做出理性判断、意志不够坚定的人。很大程度上讲，她无论怎么选都是错，都要后悔。

她这种人在生活中是懦夫，却又过于贪心，总是想着鱼和熊掌兼得的好事。

其实，她想问我的真正问题，不是她该如何说服家人，让她与自己喜欢的人在一起，而是她该怎么既和喜欢的人在一起，又不会因为和他在一起而降低未来的生活质量。

人生没有那么多两全齐美的事情。

有时候你选择了真爱，就得放弃更舒适、安定的生活；而你选择了更舒适、安定的生活，就不能成天惦记着真爱。

　　同样地，你想追求梦想，就要承担可能失败的结果。你愿意小富即安，就得接受平淡是真的现状。这不是很公平吗？

　　当身边的朋友做出了一个即使被全世界不看好的重大抉择时，我通常很少去劝阻他们，而只会问一句：做了这个决定，你预想过最坏的结果吗？当最坏的结果发生后，你有能力去承担，并且不后悔吗？

　　我对朋友的劝阻仅限于：永远不要去做会发生你承担不了后果的事情。

　　只要朋友说，不管未来发生什么，他都不会后悔，我便不再费口舌。因为我始终觉得，人活一世，不必太在意他人的言论，最重要的是：不负我心。

　　我有一位很要好的女友，爱上了小她好几岁的平面男模，义无反顾地要和他在一起。不过，他沉迷于网游，几年不曾工作，她用做编辑的薪水和写文章的稿费来养活他们两个人。

　　当时，他们两人这份在各方面相差悬殊的恋情，被所有人看衰。而她对想要劝阻、说服她的人，掷地有声地说："我去爱他，也许将来会很不快乐。但是，此刻我不去爱他，已经不快乐了。"

　　这句话，让全世界安静了。这样不由分说、不计后果地去爱一个人，才是真爱啊！

　　我们能否去做其他所有人都不看好、甚至错误的选择呢？绝对可以。只要你对你的选择有足够清醒的评估，只要你愿为自己的错误买单，只要你愿用此刻的快乐去换将来的不快乐。

其实，我这位朋友的恋情，并没有像其他人预想的那样以悲剧收场，至少此时在我看来，他们是很幸福的。

有一次，我在文章里写了自己一段失败的恋情。然后，有人特地来跟我说："像你这么聪明的人，为什么也会爱错人？"他说了很多，反正是把我教育了一通。

因为他是出于好心，所以我没有去反驳他。

只是对我来说，爱情最美好的地方，正是因为它充满了未知，千回百转，有无限的可能——美就美在它无法轻易拥有，又随时可能失去，会让人患得患失。

如果将爱情变成一个你可以胜券在握的游戏，也不是不可能，但就是太乏味了。

我一直是一个乐观的悲观主义者，小半生中曾经遇到过各种选择，而我所做的每一个选择，从来不是因为它们是绝对正确、万无一失的。

我的人生，犯得起这个错误。

7. 同情心理：不要轻易相信跪着的人

昨天和朋友提起一位女网友：她是一个在年幼时因高烧导致重度毁容、手指残缺的姑娘，关于她的话题在知乎里一度很热。

她在知乎里描述过自己的生活：在她的人生中，因为相貌遭遇过种种歧视，后来靠努力考上了大学，历尽千辛万苦终于拥有了一份工作。

这是一个很励志的故事，一发表就引起轰动。

很多网友提议，给她捐款，帮助她整容。她一开始并没有募捐的想法，但经不起网友热心的支持，于是发起一次募捐。没想到，募捐的金额很快就达到了 25 万元。

这时候，故事发生了反转。

因为有人加了她的微信号，在她的朋友圈里发现，她晒的都是苹果手机、苹果电脑，还有徕卡相机……于是，很多原本同情她的网友不干了：我都没有你拥有的这些奢侈品，你凭什么让我们这些比你更穷的人给你捐款。

然后，网友自动分裂成了两派：一派人反对她，另一派人支持她。

其实，我当时是支持她的。

我想："一个这么可怜的人，即使募捐到 25 万元去做整容手术，估计也不能给她的容貌带来太大的改变——她始终是不幸的。

"你看，满大街有很多通过伪装后骗钱的乞讨者，可她身残志坚，至少在自食其力。那么，我们这些健康的人，为什么不能对一个又可怜又努力的人多一些包容呢？"

虽然，我在心里已经打好腹稿，但没有急着去写出来。

直到昨天，朋友跟我说："别人骂她是合理的，许多人已经习惯拿自己的不幸让别人买单。"

然后，我开始认真思考这个问题。

我突然想起了一件事：我曾经在一家报社工作，格子间里坐我对面的，是一位少妇模样的女同事。我刚入职那天，这位女同事热情地帮我擦桌子、倒开水，还送给我一份见面礼，是一双在超市里花几块钱就能买到的短丝袜。

我是一个慢热的人，但因为盛情难却，就请她去吃饭。吃饭的时候，她开始跟我聊她的过去。

她来自农村，家境贫寒。在她16岁的时候，父母为了钱，就把她和妹妹分别许给了陌生的男人。她妹妹为了反抗包办婚姻，跳井自杀了，而她从家里逃了出来。

后来，她进工厂成了打工妹，并且一边打工，一边坚持写作。

在这期间，她认识了她的前夫。前夫是城里人，不顾家人反对娶了她。结果她嫁到夫家后，遭遇了各种歧视和家暴，在生了孩子后就离婚了。

再后来，她靠写作特长进了报社，做了编辑。

当时，我听了她的故事，心里就觉得她挺可怜，决定要对她好一点。于是，我们很快熟悉起来，成了好朋友。

她拿的是死工资，还要支付孩子的抚养费，我觉得她非常不容易，所以有意想帮她分担一下。所以，她邀请我和她合租在单位后面一套两室一厅的房子时，我欣然接受了。

但是，从此我遭遇了一段难忘的经历。

合租的时候，洗发水、护肤品、卫生纸、卫生巾之类的日常用品，她都用我的，因为我当时稿费高，经济状况比她好很多。

我经常和她一起做饭吃，也请她去外面吃饭，买来水果、零食，也会分给她一些。

她可能觉得，总是吃我买的东西不好意思，所以，有时候也会去水果摊买些水果给我，不过是那种干巴巴的、快烂掉的苹果、橘子。

我不敢伤害她的自尊，只能趁她不备之际偷偷扔掉。

有一天，她突然说要请我吃饭。结果到了餐厅才发现，她是带我去蹭饭的，而且是转了好几手的蹭：她朋友的朋友请客，她的朋友叫上了她，她又顺带叫上了我。

她喜欢占便宜的程度，令人叹为观止。

我们每周都出报，编辑领到样报后，要寄给相关作者。我们办公室有四个人，可以分 200 份样报。每次，样报一送过来，她就连拿带抢先拿走 100 份。一边拿，还一边抱歉地说：我需要送的人比较多。

过了一会儿，她看剩下的 100 份还没来得及被他人分走，就趁大家不备，走过去又偷偷拿一些，如此反复好几次。

最后，200 份样报她一个人就独占了 70% 以上。其实，只有她一个人把这当成宝，其他人完全不在意。

然后，她会把样报当作礼物送给所有认识的人，包括她儿子在学校里的每位任课老师。这就像我们初见面时，她送给我的几块钱一双的丝袜那样，是她博得别人好感的小伎俩。

有一次，我买了三双打折的新凉鞋，她看到后，连忙说："我还没空去买凉鞋呢，你能不能先借一双给我？"

我同意后，她挑走了最好看的一双。就这样，整个夏天她一直穿着我的凉鞋。而等到她还给我的时候，感觉鞋底都要掉了，我只好扔了。

她平时还经常借我的衣服穿，不仅穿出去约会，还在洗衣服的时候穿。

她洗衣服时，怕把自己的衣服弄脏、弄湿，所以每次都穿着我的外套洗衣服。有时候，她还特地从我的衣柜里翻出最贵、最好的那件衣服穿上，去洗她的衣服。

她甚至经常叫我帮她洗衣服："我赶着要出门，这几件衣服你就随手帮我洗了吧。"我当时也真的"随手"替她洗了，即便我从来没有叫她帮我洗过衣服。

唯独拒绝她的一次是，因为她使唤我使唤得太顺口了，居然说："我明天要出差了，这条内裤你替我随便洗了吧。"

当时我就生气了："你居然叫我替你洗内裤，我妈都没叫我帮她洗内裤，你当我是什么人啊？"

然后，她才讪讪地自己去洗了。

接触得越久，越发现她人品差。

和她出去吃饭，或者叫外卖，她每次都会因为菜量少、味道不好之类的事，狂骂服务员和送餐员。每次和她一起吃饭时，我夹在当中好尴尬，因为要一边劝她消气，一边向服务员道歉。

是的，她只对有利用价值的人特别热情，而经常欺负身份比她低的人。

她还说谎成性，经常当着我的面对别人说谎，且毫无愧意。

她经常对我说别人的坏话和八卦，有些八卦，居然是她跑去偷看别人电脑上的 QQ 聊天记录得来的。

我心里很明白，她一定也对别人说过我的坏话，因为她很可能会趁我不在，去偷看我电脑上的 QQ 聊天记录。

可是，我每次都能原谅她。虽然有时候我也会隐隐不高兴，可每次不高兴的时候，就有另一个声音在心里头对自己说：她这么可怜，算了，别和她计较。

她人品那么差，我也在不断地为她找理由和借口：她受尽欺负，没地方发泄；她童年不幸，才个性扭曲；她经历太多挫折，没有安全感；她是穷怕了，才这么小气……

五一放假前两天，我准备辞职离开这家单位。

那天，她被领导叫出去了一会儿，回来的时候，她的神情很奇怪。

我随口问："领导找你干吗去了？"

她遮遮掩掩地说："没什么事啊……"

我感觉这里面肯定有什么问题，但没再追问。

直到第二天，另一位同事跟我坦白："昨天，领导叫我们出去，给我们每人发了一张两百元的购物卡。领导跟我们说：'鲁西西要走了，这事你们就别告诉她了。'你别介意啊，我下班请你吃饭，这两百块我们俩一起去花了。"

这一次，我突然生气了。

她平时并不是一个会保守秘密的人，这一次，事情这么小，她居然瞒着我——她以为我知道后会跑到领导那里吵闹："某某某说你给他们发了购物卡，怎么没给我发？"

是的，她以为我是会出卖她的那种人。

可是，就算她告诉我这件事，我也会默默地一笑置之。嗯，她是在以她的行径揣度我的行径——因为换作是她，她一定会这么干的。

我们同吃同住、形影不离，为了两百块钱的购物卡，她居然不相信我，乃至不惜矫情来欺瞒我。

我的心瓦凉瓦凉的。

我搬家的时候，把剩下的家当送给了她。她拥抱着我说："只有你对我最好，真是舍不得你离开。"当时，我已无动于衷了。

很久以后，在 QQ 上遇到她，她问我："我找个法国男朋友怎么样？"

我问："干吗找老外？"

她说："中国男人都太不懂浪漫了。"

我在想，我当初怎么能忍受这个无趣加讨厌的家伙那么长时间。

直到今日，我才开始反省：我根本就是一个同情心泛滥的人，会因为别人可怜而放宽要求对方的道德尺度。

这一段时间，我一直在思考这个问题：到底是善良重要，还是规则重要？

之前，我一直认为善良重要，不管别人怎么样，我自己的心不能变。但是，此刻我突然想通了，觉得规则比善良重要。

道德是不可以讨价还价的，不能因为别人可怜，就觉得她说谎、骂人、损人利己等种种行径，都可以原谅。

同情心是一种美好的感情，但没有底线的善良，会让一个可怜人变得非常可恶——当她享受了过多的宽容，就会越来越相信：全世界都欠她的。她将变得不再感恩，甚至有一天当别人不给她洗内裤，她都指责对方没有同情心。

她习惯了哭惨，习惯了像个乞讨者一样时时跪着，就一辈子也站不起来。

不讲规则的善良，就是在助纣为虐，甚至在"培养"坏人。

8. 豁达心理学：直面悲惨的生活

有一个网友问我：因为残疾，我只能待在家里，总觉得自己活着没意义，该怎么办？

我记得，残疾作家史铁生一次在给盲童演讲时说："残疾无非是一种局限。你们想看而不能看，我呢，想走却不能走。那么健全的人呢，他们想飞但不能飞。这是一个比喻，就是说健全的人也有局限，这些局限也会给他们困苦和磨难。"

不要说残疾是一种局限和不完美，其实，每个人生来都有局限，都不完美。

只是，有些人的不完美和局限在明面上，有些人的不完美和局限在暗处。身体健全的人并不是就不会痛苦，否则，他们当中的某些人就不会离家出走或自杀了。

昨天，有个网友跟我聊天，她说她家原本有企业，有房有车，过着幸福的生活，结果所有财产都被她丈夫给赌博输掉了。现在她已人到中年，离婚后一个人带孩子，被迫出来打工，做各种兼职，人生从云端跌到了低谷。

她问我："我离婚了，你不会笑我吧？"

我反问她："这有什么好笑的？"

虽然我感知到了她深刻的痛苦和自卑，可我不会特地说什么好话去安慰她——她经历的不过是诸多种人生中的一种而已。甚至，我不觉得她特别惨，需要被安慰或同情——当然，也不应当被嘲笑。

人生不如意事十之八九，每个人都有自己的痛苦和遗憾。我们不用去羡慕别人，更别看不起谁。

有的人不能走路，有的人看不见世界，有的人不自由，有的人不能爱，有的人抑郁，有的人什么都拥有了可已经不再年轻……人人都有局限，都不完美。

村上春树写过一篇文章，说他每次培训新员工的时候，会拿出一把大钳子，对随机选中的员工说：现在我要钳掉你的脚指甲或手指甲，给你十秒钟做出选择。如果你无法选择，我就钳掉你所有的指甲。

员工想了想说：那就脚指甲吧。

村上春树说：好，那就马上拔掉你的脚指甲。但是，你为什么不选手，而选脚呢？

员工说：不知道。我觉得大概都一样痛，但实在需要选择的话，那就选脚指甲吧。

村上春树热烈地鼓掌，然后说：欢迎你来到真正的人生。

他用这种充满寓意的行为做示范，是为了告诉员工：真正的人生其实都是一样要痛，只是痛的地方不一样罢了。

忧伤是生命的底色，我们生来就是为了体验人生的痛与不完美的。

能痛苦，意味着我们还活着，心还没有麻木。此外，大多数人并没有因为人生不完美而去选择自杀，他们还是无奈地活在自己的轨道里——那就苦中作乐吧。

9. 原来你是这样的神经病

在知乎网站的私信里和公众号后台，我会收到网友的消息。这些消息主要分为两种：一是表扬，一是贬损。

对于后者的心态，我一直不太明白：为什么有人愿意花时间、精力去贬低和谩骂一个跟自己毫无瓜葛的陌生人呢？

甚至，有一位网友疯狂地追着我在知乎上的每一个问题与答案，在下面的评论里中伤我。

这些莫名又狂烈的恨意因何而来？

直到有一天，在《我们内心的冲突》这本书里，我看到卡伦·霍尼说的人性中的虐待狂趋势，才知道这种习惯在精神上向别人施暴的人，已经有神经症了。

霍尼在书中这样描述虐待趋势的特征：

患者处处想轻视和侮辱别人，甚至挫败别人，粉碎别人的快乐，使别人失望和扫兴；特别热衷找别人的毛病，发现别人的弱点并津津乐道。

他可能还会把自己的这种行径合理化为坦率诚恳、乐于助人。他不能原谅别人的幸福，必须把别人的快乐踩在脚下……

看到这些理论，我突然茅塞顿开。之前，我遇到过许多难以理解的行为，现在终于可以理解了。

比如，我在公众号后台经常会收到这样的留言：

"你的头像太丑，取关！"

"你的欢迎语太平庸，取关！"

"你这篇文章令我不爽，取关！"

我心里有时会想：取关就取关，从此山水不相逢。但是，你们干吗还要特地通知我呢？

其实，让我介意的不是取关这种行为本身，而是对方的留言里隐藏的恶意。我知道，他们纯粹就是想恶心我一下，表示他们自己有能力打击我，由此获得满足感。

所以，后来我把欢迎语改成：很高兴你能来，不介意你离开。

这是一种反抗，我是想表示：你取不取关，都挫败不了我。于是，那种神经病才放弃了试图通过这种方式来让我不高兴的"努力"。

还有，在知乎上，我的文章里有了错别字，大部分网友会善意地指出来，我接着就会改过来，对他们回一句"谢谢"。

而某些网友，当他发现你写了错别字，他就会特别高兴——不仅会指出错别字，末了还要加一句严厉批评你的话："作为一个大V，居然会犯这种低级错误！"

我感受到了他的敌意，不想假装大方，所以不会搭理他。因为我知道，不管是感谢他、迎合他，还是反驳他，都会触动他的G点，令他更兴奋。

以前，我只知道这些人热衷于以给别人找碴儿，来证明自己比别人聪明，突出自己的存在感——但我不知道，有时候根本无碴儿可找的时候，这些人也会显得那么生气。

比如，前面提到的那个追着恶心我的网友，我最初得罪他，只不过是因为我在一个"什么是有效关心"的问题下，写了我的一位好朋友。

这本来是一个温暖的故事，但是令一些人生气了，他们指责我的交友方式，说我不该只在有需要的时候才联系朋友之类的。

而这个网友反应最强烈，他告诉我，他看不惯我这种人。

其实，我不是很生气，因为我知道，他可能曾经因为受过苛责，所以一旦找到机会和出口，也想对别人做同样的事。

我回答他：我和我的朋友，以什么方式交往和相处是我们两个人的事。你不能因为你习惯以别的方式交朋友，就不让我们以这样的方式做朋友——就像我只爱男人，但我也从来不反对男人爱男人。

然而，我们没法达成沟通，他还是很愤怒。直到现在我才知道，原来我令他生气的根本原因不是我们三观不同，而是我的字里行间流露出的某种幸福状态冒犯了他。

其实，他内心深处憎恨的是：为什么你有这么好的朋友，而我没有？我要打击你，不能让你这样快乐和得意。

所以，你会因为发表的 QQ 状态、朋友圈等过于"幸福""恩爱"，即使是人畜无害的正能量，也会在不经意间"冒犯"一些人。

在他们看来，事实是这么一回事：你这么从容、淡定，肯定是装出来的，但竟然还有那么多人上你的当，受你蛊惑，所以我要撕裂你。

所以，有时候有人会站出来，义愤填膺地"揭穿"你：大家千万不要相信她，她的上篇文章还在说什么什么，她私底下如何如何……

还有，有人纯粹是唯恐天下不乱：你凭什么过得这么舒服，我要给你找点儿碴，让你难受一下。

有一天，我在回答"一个人如何生活得有趣"的问题后，有人特地给我留言："你的指甲油看起来好劣质啊，是不是很便宜做的？"

其实，那是因为时间长了，指甲油的颜色有些斑驳而已。

还有一些人不厌其烦地问我："弹钢琴为什么留指甲？"

我坦诚回道："我不是专业弹琴的，就是装装样子。"之所以这样回答，是因为我知道，他们不快乐，他们太需要去发掘我的漏洞和弱点来找乐。

有时候，即使是一些我在任何方面都比不上的人，我也一样会触怒他们。

比如，我在某篇文章中说自己眼睛干净清澈，一个知乎大 V 特地跑来指责我：你不该这样评价自己，怎么可以夸自己眼睛干净清澈，眼睛比你干净清澈的多了去了。

我知道她这是生气了。也许她对自己不太满意，所以看不惯别人自恋。

有些人会因为你不如他而生气：你这么穷，凭什么还能这么高兴？你凭什么能在孤独里自得其乐？发生了这么坏的事，你为什么还很平静，怎么还没去死？

这是因为，他无法感受到生命的美好和快乐，才如此憎恨别人活得那么好。

不过，我也有过这样的心态。我在知乎上看了李银河女士的某篇文章后，当时很冲动，也想给她留言，质疑她对同性恋的某些观点。

但是我没这么做。因为我很快意识到，我想反驳她的原因，并不完全是因为我与她的观点不同，而是我在嫉妒她：她曾经那么幸运地成了王小波的前妻，我很想让她失落一下。

意识到这一点后，我放弃了。

让我们赦免这些虐待趋势的神经病患者吧，即使他们哪壶不开提哪壶，故意问一些让我们难堪、不悦的问题。

当他们故意问我们：为什么买不起房？为什么没结婚？为什么指甲油这么劣质？为什么这么胖……你要原谅他，因为你知道，他在心里对你是羡慕嫉妒恨！

10. 你的行为真的理所应当吗

我每天都会收到各种求助，通过网站发私信的，在公众号后台留言的。我最大的感触是，大多数求助的人，都不懂得如何获得别人的帮助。

有些人不懂礼貌，刚关注我的公众号，第一句就问：你有没有私号加一下我，我有几个问题要问你。

有些人不懂感恩，在我回答了他的问题后，连"谢谢"两个字都舍不得回。

还有些人，报复心特别强。如果我没空回答他，他就会迫不及待地发脏话骂人……其实，我很替这些人惋惜：人生路上，这样行事，他们能获得的帮助会特别少。

我曾在某网站向一位财经达人求助理财方面的问题。我发私信给他：老师，您好，可以打扰一下吗？我有一个关于理财方面的小问题想咨询您……

虽然，我的粉丝比他多，但不管他是谁，只要是向他人咨询，哪怕是一个小问题，我也会讲礼貌。

然后，他回复我了。但他发给我的答案有点泛，用网站术语来说就是：这个答题"没有帮助"。但是我觉得，一个陌生人愿意花时间回答我的问题，这件事本身已值得我感激。

于是，我向他致谢：谢谢您回答我的问题，我无以为报，就让我为您写的文章点赞吧。说完，我就去给他的文章点了赞。

结果，他马上关注了我，并通过私信告诉我一个具有实际操作价值的行业信息。

我为什么能获得他的帮助，原因有以下几方面：

一是尊重对方，肯定了他的时间价值

很多求助者抱着这样的心态：我只不过是问你一个简单的问题，你回答我一下也不过是举手之劳，如果你不肯告诉我的话，是你人品差。

这就是错误地将自己的时间价值，等同于别人的时间价值了。一个成功的人，或比你努力的人，他们对时间的态度和你是不一样的。

二是特别

一个网站大V每天会收到很多私信，至少有十几条吧，而且有些重复提问已经让他反感了，他不可能逐条回复每个问题。

所以，你要想得到他的回复，一定要让自己脱颖而出，显得十分特别，比如特别有礼貌……但是，有礼貌并不代表你可以啰唆，你的问题还是要简洁、直奔主题的好。

三是懂得感恩

不管对方有没有真的帮助到你，只要对方为你付出了，都值得你隆重地去感激他。这是为了告诉他：你是个知恩图报的人，你和那些对他的帮助不懂感恩的家伙不一样。

对于这个网站大 V 来说，他需要别人的点赞，我知道为他做这个小小的举动会令他高兴。当然，这要你的粉丝量足够多才行；如果你的粉丝量少，点一个赞不管用，点一百个赞或许才会打动他。

在现实生活中，如果你想向陌生人寻求帮助，需要投入一定的心思和精力。在网络世界里，同样如此。

11. "我做" 比 "我想" 更有效

有一年，我不小心弄丢了两张我很想去看的群星福州演唱会的门票。

我不想再去买门票了，因为我觉得自己把门票弄丢了这件事，蠢得不可原谅——智商犯下的错，应该用智商补回来。

其实，我是因为穷而已。于是，我去了解了一下，看有哪些途径可以获得免费演唱会的门票。

然后，我得知武汉某歌迷会手中有 15 张免费门票。

接着，我加了该歌迷会的 QQ 群，结果发现里面有 100 多个人，而每个人都眼巴巴地想要得到免费门票。

票在群主手上。群里的成员，如果论资排辈，就算有 100 张免费门票也根本轮不到我。

我冒昧跑去问群主，果然被硬生生地拒绝了。但我也没有退群，就在群里跟那些歌迷聊天。

我发现，他们比我还穷。

他们都是用平时省下来的零花钱凑够路费，才打算来福州看演唱会的。而看完之后，他们还准备在网吧里熬个通宵，以待天亮之后再坐车回去。

于是，我对他们说："你们都没有来过福州，就由我来安排整个行程吧。把你们火车抵达的时间告诉我，我会安排接站，做好所有的准备工作。"

获得他们的行程后，我做了很细致的安排：

我找人负责接站工作，准备了相机为他们拍照。

我带他们坐公交车去偶像下榻的酒店参加歌迷会。

我预约了相对安全舒适、能容纳他们十几个人的网吧。

我告诉他们去哪里吃又便宜又好的小吃……

就这样，我得到了两张免费的 VIP 门票。

看完演唱会，当他们的行程快结束的时候，我才坦白了这件事："有件事需要得到你们的原谅，其实我并不是你们喜欢的那个明星的粉丝，我只是非常想得到两张门票，才混进你们这个歌迷会群的。"

他们表示完全不介意，还说："谢谢你替我们做的一切，这次行程很愉快。帮我们拍的照片，记得发过来哦。"

这是我在过去又穷又无聊的时候干的一件事，如今我会考虑时间成本的。

但是，我想说的是，当你想要得到别人帮助的时候，要先去考虑如何能帮到别人，这是一个很好的办法。

12. 感谢那些曾帮助过你的人

不知道大家是否还记得我曾经分享过的"犹太人在二战中寻求帮助"的故事。那个故事讲的道理是，帮助过你的人永远不会背叛你，你帮助过的人则未必。

我在日常生活中，也一直以这条经验指导我的为人处事。

我写文章，错别字多，所以我一直想找人校对。但是我需要校对的文字量特别小，对文字能力和工作时效要求又高，如果按市场价逐篇付费，根本不具备吸引力。

一开始我想了办法，去我上过课的写作群里找人，然后很多同学表示愿意无偿给我校对。

我不喜欢无偿的帮助，无偿表示没有义务，没有义务就不能提要求，不能提要求就不能保证质量。于是，我提出交换，交换条件是：你看我的文章，我看你的文章。

有一位同学和我达成了协议，只不过后来我没有再找她帮忙的原因，是发现她根本没有需要我看的文章。

直到在公众号遇到一个粉丝，她每次看完文章都留言指出错字，然后我就加了她。既然她喜欢找错字，就请她在我发表之前，先睹为快吧。

因为她的帮助，令我在某个时间段的错别字出现率大降。

后来她考上了公务员，不能再替我校对了。

虽然我一直没有向她提过，但我一直在考虑报酬的问题。因为校对的数量太小，直接给一点钱我觉得不合适。当她开始做微商的时候，我特地为她写了一篇软文广告。我还在心里盘算，等我出新书的时候，给她寄签名版的。

就算她不能再帮助我了，我仍愿意尽绵薄之力，表达我对她的感激。这是因为，她已经用友善帮到了我，成为一个我认为值得交往和信任的人。

还有，网上很多人都好奇地问我和皮皮鲁的关系。

世界上最坚固的关系，是有共同目标和利益的朋友关系。在这半年时间里，皮皮鲁一直在为我提供不计回报的帮助，他的无私，在我们之间已经形成了彼此完全信任的互助模式。

你们会发现，只要网站上有相符的话题，我就会推荐他，替他加粉。每次我一收到工作合作邀约，不管是不是我想接的，都会向对方提到：你们还缺人吗，我这里还有一个很棒的大V叫皮皮鲁；电视台叫我上节目，我说不想去呢，不过我的伙伴皮皮鲁可能愿意；合作方叫我写稿，我会说，这种稿子还有一个朋友皮皮鲁也能写。

我为什么要这样做呢？

当你不知道怎么选择朋友的时候，请记着帮助过你的人。因为他们已在你这里通过某种程度的人品考验，他们是值得交往的。被你记住的人，他们永远愿意帮助你。

13. 恼羞成怒型：装聋作哑也是一种体贴

我有一个朋友，暂且叫她小A吧。小A有一个青梅竹马的男朋友。

那是在很多年以前，我和小A共同的朋友B，有一天跑来告诉我，小A的男朋友同时在追求她们班上的另一个女孩子。

那年我才十几岁，正是有着是非观念的年龄，觉得朋友的男朋友劈腿，我有义务第一时间让她知道真相。于是，我不假思索地告诉小A："B说你男朋友在追她们班上的女孩子。"

我当时天真地以为，小 A 看清男朋友的真面目后，必会迷途知返，与渣男一刀两断。而且，她会感激我和 B 的仗义，并从爱情的谎言里走出来。

结果，小 A 听完之后不仅没有说男朋友的不是，反而愤愤不平地跟我吐槽 B：她自己的事都搞不清楚，还来管我，她其实……

于是，我顿时成了猪八戒照镜子——里外不是人。

按照我事先设想的故事情节，这件事应是：既然他是坏人，她被蒙蔽了，我告诉她真相，她知道后一定会和朋友同仇敌忾，一起鄙视那个坏人。

彼时我尚且年轻，无法理解爱情的复杂性。很久之后我才明白，当时的我是用一番热情伤害了小 A 的不知情权。

我们对每件事都有知情权，但很少有人去考虑人们也应该享有不知情权。

就是说，当你告诉对方一个负面消息的时候，应该考虑真相是否是他需要的——有些事，明知道对方听了会很不开心，且无力改变结果，我们是否该执意讲出来呢？

有一次，我也生过一个朋友的气。

记得当时好几个人在聊天，朋友突然说："那天我在街上看见你了，我看见你衣服后面的拉链没拉到位，只不过当时我在车上，没法叫住你。"

那你现在告诉我干吗？我在心里不高兴地说。我又不能穿越到那天去把没拉的拉链拉上，却要为知道这件事平添懊恼。

为什么要告诉我？本来我可以不知道，不知道就没有伤害！

有些事，刻意去隐瞒才是更正确的做法。在我以上两次经历里，前一个不可说，是因为疏不间亲；后一个不可说，是因为于事无补。

所以，你不该对一个人说的话，可能包括："你老公出轨了，我看见他和一个女的出现在酒店里。

"其实你妈很偏心，每次你弟弟一回来她就杀鸡宰鹅，你回来却什么表示都没有。

"你这件衣服买亏了，你买完之后马上就打三折了。

"你比之前看起来老了好多。"

不该讲，因为对方根本不想知道，或者早已心知肚明，只是不想让你也知道。一桩绯闻，一个纰漏，身边多一个人知道，就对当事人多一份压力，令其多失一分颜面。

据说，英国人最擅长装聋作哑：明明有人摔了个大马趴，当场出了个大糗，他们也会一脸镇定，假装什么都没看见；朋友发生再大的丑闻，也会忍住不提，完全当作不知情。直到当事人主动提起，仍然像第一次听说的那样反问：这是真的吗？

凡是对方不希望我看到的，就通通"没看到"；凡是对方不想让我知道的，就从来没"听说"。能做到视而不见，听而不闻，有时候也是一种体贴的风度——因为有一种恶意的关心，是关注和提醒别人的失意。

这个朋友离婚了，那个朋友被骗了，不要不分青红皂白地冲上去安慰，也许他压根儿就不想对人提及——保持缄默，就是对他最好的关心。

当朋友在生活中碰到了某些尴尬，比如裤子拉链没拉，要不要提醒他则取决于当时的状况：如果他正走向厕所，那就假装没看到——至少当他自己发现以后，会暗暗庆幸没有被他人看见。

14. 有一种能力，你一定要放弃

"像烂俗的小说。"

"这只能说像中学生看的那种杂志里的文章。"

"午睡时间被浪费了。"

"这文章真无聊。"

"比俗套更俗套的故事，我为什么可以看完？"

"为了煽情而煽情，这种故事情节都看烂了。"

这是我在某论坛发表一篇得意之作后，收到的各方网友的评论。

这些不是我收到的最差评，那些脏话和涉及到人身攻击的话，我随手会删除。我知道大多数网友与我无冤无仇，他们只是习惯性差评，我也习惯了在论坛被差评。只是，我突然想起了一件事。

曾经有一些网友问我，写作初学者该如何学习写作？

我给他们的建议是：在论坛上写。因为比起一个人埋头苦写，论坛上的互动和反馈可以使学习写作这项苦差不那么寂寞——通过网友的评论，你还可以发现和弥补自己作品的不足之处，收到好评和鼓励之后，更会有坚持下去的动力。

然而，此刻我突然意识到，不应该这么建议大家了，因为当下的网络氛围不再适合初学写作者。即使像我这样的作者，在网上贴出已在传统媒体发表过的作品，每次都能被网友批评得一无是处，甚至骂得狗血淋头。

那些初学者，在他们最需要肯定和鼓励的时候，如果遇上那么多苛刻的批评、嘲讽，一定会万念俱灰。

学习写作本身就是对自身不断怀疑的过程，即使是一些成熟的作者，偶尔也会怀疑自己写得很差，担心再也写不好了。

我很感激，在我初学写作的时候，遇见的那些温柔而友善的陌生网友。我曾经在论坛上贴过无数幼稚、拙劣的文字，但极少遇见直言不讳的批评，大家互相给予的评价是：好好好。不错不错。加油加油。

以前在写作群里，遇到拿着习作来请教的网友，我一向只负责找出他们作品里的优点，不说缺点。

不是我虚伪，而是我认为：对于一个初学者来说，写出来永远比写得好更重要。我所能给予他们的最重要的帮助是——让他们有信心多写一点。

相信我说的以上的话，许多网友仍会觉得不以为然。别人开不开心，有没有信心，关我屁事啊，我只管自己开心就好。

不知道从什么时候开始，论坛变得越来越不友善了，即使是一篇正在探讨和学习如何提高情商的文章下面，也会充满许多不顾脸面的言论。因为许多人误会说，网上和网下的自己是可以彻底分裂的，网上才不管什么情商不情商，只要网下情商高就好了。

所以，一些在线下温文尔雅、谨言慎行的人，在线上揭下面具后，发言就会直接、冷酷，甚至暴戾。他们认为对手是陌生人，不需要照顾对方的感受；也因为自己藏在屏幕之下，不需要对发言的后果负责——于是将那个真实的自己，在伪装后的网络世界里释放了出来，随心所欲地逞口舌之快。

我想说，一个人在网上恶言频出，除去带给别人情绪上的伤害，其实受害最大的是他自己。因为每个人的情商，除去先天的部分，还来自后天的练习。

有些人擅长使别人快乐，这是因为他们有能力发现别人的优点，并恰到好处地表达出来；有些人则擅长使别人不快乐，这是因为他们能敏锐地发现别人的缺点，并毫不犹豫地指出来。

这两种能力，都是天分加千百次的训练得出来的。

天天在网上挖苦、嘲弄、指责别人的网友，都是在不断重复学习、强化、训练使别人不快乐的这项能力。这项能力如果运用久了，根深蒂固、炉火纯青，慢慢地，使用者也无法自控，不自知地在现实中也会使出来。

不过，这项能力越出众，他的生活会越困顿，前途会越不妙。因为这样一个人的情商最大缺陷是：对别人的优点过于迟钝，对别人的缺点又过于敏锐。

其实，我以前也是这种人。每次和人吵架的时候，我能瞬间找到对方的弱点，见血封喉，气得对方暴跳如雷。我还沾沾自喜，觉得自己很神气。

直到有一天，我看到这样一句话：如果你能敏锐地洞悉别人的内心，如果你有出众的口才，你应该将你的聪明用在使别人快乐上。于是，我开始有意识地克制自己去训练自己的缺陷——对，吵架总是赢也是缺陷。

要知道，能使别人快乐，才是人生中最重要的能力。

你为别人这样做，反过来，别人也会使你快乐。所以，从现在开始，要记得不计场合地进行这样的练习——训练自己找出别人优点的能力，训练自己赞美和肯定别人的能力，训练自己体恤和照顾他人感受的能力，训练自己委婉地指出对方不足的能力。

即使在网上，即使对着陌生人，都要这样做。

15. 只有弱者才对生活放狠话

阿里巴巴上市那段时间，我在新闻里看到马云说：觉得当首富没有意义，他最快乐的时光是一个月拿 90 块钱工资的日子。

我当时就想，首富太坏了，又在逗我们穷人玩，明明知道我们这辈子都不可能求证在低薪和首富之间，到底哪个更快乐。

不过，我们这种穷人虽然无法一夜暴富去领略当个首富是有多痛苦，但是马云是有选择的，他完全可以做到一夜暴穷啊——

前几天不是有人统计了吗，马云有1500亿资产，中国有13亿人，每人给100元，他还剩200亿。但他还是亿万富翁啊，他只能把财产再全部捐给慈善事业，就可以回头去做他那越穷越快乐的打工仔了！

我是等了一年又一年，一直到现在，马云都完全没有要摆脱自己痛苦日子的意思。我只好厚着脸皮，在这里隔空喊话：马云，请往我的支付宝里打一亿，让我替你分担一下做有钱人的痛苦，好吗？

突然写这件事，是因为我发现，有人真的会受到"有钱不快乐"这种观念的误导。今天，有个大学生对我说：觉得现在的世界不是自己想要的样子，觉得迷茫。

我建议他马上让自己强大起来，这种强大包括让自己更有钱，有权力，有名气，更成功。因为只有强大的人，才有选择的权利，才会看到更多更好的风景，才能知道什么样的生活是自己想要的。

你觉得世界不美好，可能是因为你现在只是井底之蛙——井底的生活真的不是你想要的，但这不代表世界不存在美好。你想看到更广阔的世界，需要努力往上爬，就要努力学习、工作。

结果，他一脸纯真地对我说："我觉得钱、权并不是我想要的，我可以接受自己没有钱、没有权。"

我说："你现在不想要，不过是你想象出来的，并不是真实的，因为你从来没有真正感受到钱、权、名带来的好。这些你从来没有真正拥有过的东西，你根本不知道它们的真正面目是什么样子，你都没有经历过，你怎么确定会不想要呢？"

所以，我又要讲了，只有马云这样的有钱人才有资格在媒体面前云淡风轻地说：钱其实没什么好啊，有钱不一定很快乐啊。可是他就算这样讲，仍然站在有钱人的队伍里不动。

我想，就算有钱后不快乐，好像也没有多少真正有钱人放弃做有钱人啊，这已经能说明问题了。

但是，我们从小看过的书、电视、电影，又无时无刻地给我们输入这样的观念：有钱换不到快乐，有钱买不到幸福！渐渐地，大家就信以为真了。

你会问，如果这种观念是错的，为什么书本、电视、电影总是要将它灌输给我们？这是因为，中国有个伟大的文化传统，就是所有的文学作品都是为了安慰在现实中遭遇痛苦的人。

所以，有些作者总是在写这样的故事：大富豪的一生都在争权夺利，最后弄得妻离子散，家破人亡……这样子，穷人看了才会得到安慰，才会以为原来做穷人也不是那么悲摧。

于是，我在心里暗暗腹黑："书中自有黄金屋"是安慰穷人的，"腹有诗书气自华"是安慰长得丑的人的。

对啊，文学的作用就是给人们安慰，这样大多数人的生活才得以继续。总不能把这个世界残酷的真相全撕给你看：什么有钱不快乐，其实富人不知道有多么快乐，穷人才悲惨；什么内在美最重要，但还是美人才招人喜欢，丑八怪一边站——啊，那么，我们这些长得丑还穷的人是不是该直接去死了？

然而，安慰归安慰，我想告诉所有的年轻人：当你们还有改变人生的能力和机会的时候，一定不要去接受文学的安慰，因为安慰是属于老人和弱者的，是属于那些对自己的人生无能为力的人的。

不要被那些"有钱不快乐""成功不幸福"的调调洗脑，然后躲在淡泊名利的面具下，成天不思进取和意志消沉。

可千万别说你就是不喜欢钱，也许你真的不喜欢钱，那也得等你证明了你有能力赚钱以后。否则，你以为别人会信会对你肃然起敬吗？别人只觉得你又是一只吃不到葡萄的狐狸。

觉得我说得有道理，就转起来好吗？万一让马云看到这篇文章，他真的给了我一亿，哎呀，从此我就得过上好烦好痛苦的日子了。

16. 不作，会不会死

前两天更新的爱情故事，一些网友看完后向我吐槽：女主角太"作"了吧？

我惊讶地发现，做这样反馈的往往是女同胞，男性读者反而觉得能够理解。这是因为，每一个有恋爱经验的男人，或多或少都曾经遇到过将他们折磨得死去活来的"作女"。

男人对女人的"作"，其实比女人想象中要包容得多。女人不"作"，男人不爱啊！因为，最炽烈的爱情，从来都是相爱相杀，而不是相敬如宾。

一个女人"作"不"作"，有时候并不取决于她本身的性格，而取决于她在爱情里遇到的是一个怎样的男人。

她知道这个男人是喜欢她的，所以她愿意在他面前"作"，流露出孩子气的一面；她知道这个男人是深爱她的，自己是被包容和宠爱的，所以可以让自己再"坏"一点。

曾经有一个男同事，是我们眼中的"二十四孝男"。

每天早上，为了让女朋友多睡一会儿，他早上七点就骑电动车到公司打卡，打完卡再回家接女朋友去另一个公司上班。

每天中午，顶着烈日，他去接女朋友吃饭，因为女朋友不喜欢一个人吃饭。

周末的时候，我们在群里聊天，问他在干吗。他说，在给女朋友洗衣服呢，因为女朋友要喝汤，一会儿还要去煲汤。

我们这帮同事，平时约他出来 K 歌、吃饭，是永远约不到的，除非他的女王殿下也愿意驾到。

后来，他女朋友应家里的要求和他分手了，因为他没房子，工作也不稳定。

她回家相亲相了一个公务员——你以为换个男人，你还能继续这么"作"吗？还能没男人陪就吃不下饭吗？那要取决于她所遇到的男人会给她怎样的肩膀和舞台。

遇到网友问：为什么那些懂事、体贴的女孩子，反而得不到好的对待？

我说，其实这个问题要反过来看：并不是因为你体贴、懂事了，他才不够爱你，对你不好——而是因为他不够爱你，对你不好，你才会这样的温柔、体贴、懂事。

在爱你的人面前，你才有"作"的权利——他爱你，若你还体贴、懂事，他更觉得是如获至宝。

爱你的人，他会把你宠坏，替你绑鞋带，替你拎包包，替你买卫生巾——拧只瓶盖都有人代劳。这时候，你根本不必那么坚强、能干。

在爱你的他身边，你变得越来越五体不勤，越来越"作"，越来越任性，越来越不懂事。正是因为他爱你呀，所以你才有机会变成女王——在爱情里，你的不够好、不够强，是由一个爱你的人纵容和赋予的。

也正是因为你知道他不够爱你，你才要那么懂事。

因为你知道，如果任性、无理取闹一回，就有失去他的危险。你不得不懂事，你才不敢那么"作"，你需要用体贴去绑住他，挽留他。

当你学习像女仆一样照顾一个人，学习隐藏自己所有不快乐的情绪，与其说是深爱对方，不如说是被爱得不够。

每个女孩子，都是父母眼中长不大的小公主。你能干与懂事，也许是从遇到一个不爱你的男人开始的——女孩子为什么要让自己变成一个无所不能、无所不知的"女超人"啊？不要那么温柔、贤惠、体贴、懂事、能干，好吗？

这样的女孩子，其实真叫人心疼。

希望你找到对的人，永远活在爱里，被爱自己的人呵护，可以"作"下去。

17. 不妨坦诚自己的真正需求

记得有一次，我写了一个买单的故事发在网上。

有位女网友给我回帖：她30多岁，经常参加各种相亲，约会所产生的费用通常实行 AA 制，或者轮流买单。

她说，有位相亲对象第一次请她去很便宜的餐馆吃饭，一顿饭下来才花了几十块钱。然而，第二次男方知道是她请客后，就放开手脚点了一桌子菜，花了她 200 多元。虽然她心里很不开心，但是没有表现出来。

还有一次，一位相亲对象请她吃饭。吃到中途，她突然很想吃某道菜，叫服务员加点了这道菜，然后在男方买单的当儿，她迅速掏出零钱，执意坚持付了她加点那道菜的钱。

女网友向我描述这些事的时候，语气里带着笃定和得意。

我知道她想说："你看我三观多正确，多么独立，不肯占男人便宜，是多好的女孩子啊！"

我想说，她像很多女孩子那样，被流行的那些强调"独立""自己买花自己戴"的鸡汤文误导，走进了一个误区。

其实在与人相处中，你要选择和别人 AA 制，或是让男人买单，或是坚持自己买单，只要根据的是自己真实的意愿、消费观、消费能力就行了。

也就是说，这三种方式都没有错，两个人的相处模式，只要自己高兴、对方愿意就好。

对买单采取不同态度的女生，一定都有相应的男人喜欢，这本来就是两个人的事，没必要听从专家意见。

错的是那种内心其实很在意钱，很期待男方买单，却把自己伪装成独立女性的行为。

文前那个女网友就是这样，她是对金钱很敏感的人，会因为一顿饭由谁买单而不开心。她需要的其实是一位在两个人相处中比较大方的男伴，可是她在相亲中主张 AA 制，吸引来的往往是欣赏独立女性的男人。

就是这种买单态度误导了男方。

其实女人的打算是，相亲的时候我会用 AA 制来显示我的独立，不过将来真在一起了，该花的钱你还是得为我花。结果，两个人要在婚前为财礼多少，房产证要不要加对方的名字吵得不可开交。

女方是觉得此一时彼一时，我们马上是一家人了，你还和我分这么清？男方会觉得上当了，当初你可不是这样的人，多叫一道菜都会自己掏钱买单，我娶你，就是欣赏你不花我的钱啊！

为什么不在相处的过程中就袒露自己真实的金钱观呢？就是因为那些鸡汤文让很多女生误会：买单能表示自己独立，能让自己赢得男人的尊重和真爱。

亲，大错特错啊！

有一个笑话：女生 A 在约会时愿意买单。女生 B 在约会时愿意 AA 制。女生 C 在约会时要男方买单。

你们认为，男生会喜欢 ABC 中的哪一个？答案是：当然是三个人中长得最漂亮的那个！

所以，如果你提出买单不是出于真实意愿，仅仅只是觉得出这份钱会在男方面前加分，可以获得对方的爱的话，还不如把钱留下来买衣服和化妆品，除非你想吸引的对象是个小气鬼。

对了，还有一位女网友回帖说：我约会经常买单，然后前男友在分手的时候，要求把他替我多付的某顿饭钱还给他。

是这件事让我更加坚定，女生要自己买单才有尊严。

当时我看了这个帖子，当场差点一口老血喷出。我想说，女生平时约个会，几顿饭的小钱其实和尊严扯不上什么关系，就是老买单的那个女的比别人更容易被小气鬼追求。

与他人交往，大家就应该真诚点，才能让喜欢独立女性的男人去邂逅真正独立的女性，让喜欢为女人花钱的男人去找喜欢花男人钱的女人，让大灰狼找大灰狼，让小白兔找小白兔。这才是正确的为人处世之道。

如果你还不想放弃花男人的钱这种世俗之乐，你要正视自己内心的需求，不该在交往的时候假装"你不买单我无所谓，我可以自己买花自己戴"——他们，会当真的！

18. 炫耀之心，是你在沟通中的软肋

一位网友问我：我买了很贵的东西，被不识货的人认为很便宜，怎样应对这种情况？

我回答：希望你去看看《小王子》，不要成为一个只在乎数字的成年人。

关于《小王子》里这段经典的表述，原话是这样的：

大人热爱数字。如果你跟他们说你认识了新朋友，他们从来不会问你重要的事情。

他们从来不会说："他的声音听起来怎么样？他最喜欢什么游戏？他收集蝴蝶吗？"他们会问："他多少岁？有多少个兄弟？他有多重？他父亲赚多少钱？"只有这样，他们才会觉得他们了解了他。

如果你对大人说："我看到一座漂亮的红砖房，窗台上摆着几盆天竺葵，屋顶有许多鸽子……"那他们想象不出这座房子是什么样子的。你必须说："我看到一座价值十万法郎的房

子。"他们就会惊叫："哇，多漂亮的房子啊！"

所以，我想告诉文章开头的那位网友：不管你买的是便宜的还是贵的东西，都应该为内心真正的喜悦而买——因为它值得你买，而不是为了炫耀而买，为了让别人知道它的价格而买。

这世界上有很多美好的东西是廉价的，甚至是免费的。当你能懂得物品真正的价值，才会体现你真正的品位。

而你一旦有了炫耀之心，就意味着你有了软肋——你就会开始为该如何告诉别人这个物品的价格而烦恼：不告诉别人，你花了这么多钱不甘心；告诉别人吧，又显得你很肤浅。

可是，每当遇到一个人，你就想提起它。

而那些买不起这个物品的人，可能会觉得你很讨厌；买得起这个物品，又比你有钱的人，可能会觉得你很可笑——为了一点虚荣心而沾沾自喜。

这真的是一件左右不讨好的事。

我曾经有一个朋友，她原本是个豁达、洒脱的女生，富有幽默感，敢于自嘲，不在乎数字。

后来，她开始有了一点点儿小钱。

可能是受到工作环境的影响，她开始成为一个追求数字的人，并且会不停地把数字告诉我：昨天买了一个包包，告诉我数字；今天买了一个手链，告诉我数字。

这年头，成千上万块的包包、手链，其实大家都买得起，而不在乎一件物品的价格去买下来，只代表一个人的志趣，并不说明他的成功和品位。

开始，我每次只能配合那个朋友的话题，去赞美和讨论那些我并不真正感兴趣的东西。但是，我觉得这样的交流很无聊，因为以前我们每次都是在谈有趣的事情。

当她开始在乎那些数字，超过了这些东西本身的价值，并且开始评价别人用的东西的价格，还鄙视一些用便宜货的朋友时，她变得越来越不可爱了。

我认为，这其实是她变得自卑的一种体现。当年龄渐长，她开始相信那些更贵的数字能体现她的价值。

我还有一个同学，热衷于购买最新款的手机，就是喜欢一手拿三星，一手拿 iPhone，左右开弓的那类人。

有一次，她嫌我用的手机太落伍，在我面前直言不讳地说："莫辣西的人用莫辣西的手机。"

莫辣西是福州话，意思是很 low，很没档次。

我没有介意，也没有去反驳她。

但我在心里想：你以为一个人的人生可以被一部手机来定价吗？那也太容易了吧。所以，有些月工资两三千块钱的小年轻（没有歧视他们的意思）愿意攒几个月的工资买一部最贵的手机，就是因为他们和你"英雄所见略同"。

只是，在我看来，如果一个人 low，用什么物品都 low。而如果一个人是星星，什么都无法掩饰他的光芒。

当一个人还在在意自己用着什么样的手机时，说明他还处于热衷炫耀的最低级阶段——因为手机人人都买得起，如果你只是在炫耀这种东西，恰恰证明了一点：你的人生太失败。

而当你想要告诉别人你用的物品的价格，在你的潜意识里，你认为自己是配不上它的，所以你会觉得，炫耀它有利于抬高自己的身价，有利于别人因此而高看你一眼。

其实，真正的高贵在于：你相信自己的价值，相信自己的价值永远会高于自己所拥有的任何物品。

你相信自己足够好，好到配得起所有贵的东西，好到也可以随意地使用所有廉价的东西——你永远不会被这些身外之物所左右。

你就是你。

19. 你的外表看起来很贵，思想却很廉价

虽然，我说过人要在一定程度上舍弃对物质的欲望和追求，但是有一项消费我从来会不假思索，那就是大量买书。

我和其他爱书之人有点不一样的是，我爱买书，却不怎么懂得珍惜和收藏。所以，以前租房住的时候，我不知道自己买过多少本书，反正是看一本送一本，看一本扔一本。

我买来的书，只要是确定不需要再看的，亲友可以随便拿走——书就是拿来给人看的，这是我的价值观。

买房以后，几年时间里我大约买过上千本书，其中包括买

来送给亲友的。在买书这一项消费上我非常慷慨，我会一箱一箱地往家里买，也会一箱一箱地把书送给亲友。

这是我人生中永远坚信不疑的事：书是最好的礼物，买书是最正确的消费，是回报最大的投资。

就这样，我用书把三个书架塞到爆满，其中有一个书架还被压塌了。

我开始意识到，就算是书，也不能再无限度地买，因为家里空间有限。可每次看到一些网站上在做图书促销，我都会蠢蠢欲动，把相关页面发给朋友，推荐她们去买。

朋友在我这个义务"促销员"的推荐下，也确实会爽快地买了一堆又一堆的书。

但是也有很多人不愿意买。有人会对我说，她再考虑考虑；有人会对我说，你家有什么不看的书，借给她看看就行了……

她们面对那些打折书所表现出来的无动于衷，真令我这爱看书的人觉得不可思议：因为她们都不是穷人，不是那种为了买几本书就要节衣缩食的人。

恰恰相反，她们很有钱，动辄会买数千块钱的包包，会花上万块钱去旅行，随便吃一顿饭就是数百元，看一场电影也是上百元……她们在这些事上花钱的时候，是毫不犹豫的。

但是，面对一本二十几块钱的书，她们却表现得很纠结。

也许这并不奇怪。很多人没有建立知识消费的观念，他们以为，想看书可以跟别人借，网上还有看不完的免费电子书，干吗要自己买呢？

有些人把房子装修得美轮美奂，里面却没有摆一本书——没有书的房子，再漂亮也没有灵魂。

有些人花上万块钱送孩子上早教班，却不肯花钱买书，学习一下书中的教育理念——教育孩子，宁愿假手于他人。

有些人为孩子买了大量玩具，却舍不得给孩子多买几本有趣的童书。

他们所坚持的这种消费观，令我有一种暴殄天物的感觉。可能有人会觉得，我的措辞过于激烈——人各有志，人家虽然有钱，但就喜欢买衣服、买包包而不买书，有什么错？

没有错。你可以坚持自己的喜好，去买衣服、包包。但是，请不要误会那些物品会让你成长，会让你变得更美好、更强大、更自信。

再多的衣服也不会变成你的盔甲，知识才会；包包不是人类进步的阶梯，书籍才是；读万卷书不如行万里路，但只行万里路却不读书，你也只是个驴友。

你表面看起来很贵，可是你的思想很廉价。

你永远也不会从更贵的衣服和包包中获得真正的自信，因为你花再多的钱，仍会遇到比你更会花钱的人——真正的自信不是来自物质上的攀比，而是源自内心的淡定和从容：不以物喜，不以己悲。

而这种淡定和从容，你是可以从阅读中获得的。

买了 100 个包包后，你仍然是你。但看过 100 本书后，你的世界会从此不同。

文友李菁在朋友圈中说：我有一年时间没有给自己买一件新衣服了，穿的都是往年的旧衣裳。以前我那么爱美，民族风的衣服就有好几箱，可是，现在我把我的时间和金钱都给了阅读和摄影……

这算是一个女性的成长吧，随着年岁渐长后，她开始懂得为自己的内在和能力投资了。我在心里给她点 100 个赞。

我从来不反对人们对美的追求，无论是外在美，还是内在美；只是，当你在花大量时间和精力修饰外表的时候，永远不要忽略对心灵的美化。

从某种意义上讲，追求外在美其实是一个注定会失败的过程，只有内心的成长和强大才可以超越时光。

当然，**渴望被别人羡慕是人的本性，再低调的人也无法避免完全不去炫耀**。

如果在你的漫漫人生中，一定缺少不了炫耀这款调味剂，我建议你去炫耀真正能够获得别人尊敬的东西：你的知识，你的技能，你的品德……

诚如冯唐所说："如果我只能追求一种名牌，我一定追求教育上的名牌：上最好的大学，读最有名的名著。如果在教育之外，我能再追求一种名牌，我就追求工作的名牌：去最知名的公司和机构工作，不问工资，不惜力气。"

第二辑

会说话是个技术活

· ·

有些人认为，发脾气是个负面词语，情商高就应该永远压制自己的情绪。

事实上，在一个群体里，做一个永不发脾气的老好人是一件吃力不讨好的事。倪匡也说：最讨厌的，是天天发脾气与永远不发脾气的女人。

其实，男人也一样。

1.自己有能力，沟通才给力

多年前，我初进某报社做编辑。

同事中有位大姐，写作仍处于"今天天气真好，万里晴空飘着朵朵白云"的阶段，虽然文不如人，但她另有所长——每天上班时会搬出半尺厚的通信录，开始拨电话：

"张总，好久不见，哈哈。"

"李社长，最近忙不忙啊？"

我们出去开会，她总是拍着翅膀似的招呼打得满场飞，似乎所有人都认识，所有的遇见都是久别重逢，真是厉害！

认识久了，我便了解了她经营友谊的方式：A 的老婆得感冒，她会打电话联系 B，请 B 帮忙找 C 挂个号。待 B 的孩子出世了，她也会帮 B 去联系 D，买到便宜的纸尿布。

她用大量的时间照顾所有熟人的琐事，为自己攒人品和交情。她的口头禅是：多个朋友多条路。

比如有一次，某上市企业打电话到办公室，想邀请一名记者去参加他们的活动。结果，她在电话里跟对方死缠硬磨："你们能再给一个名额吗？我这儿还有一个记者也想去……"

她磨了足足十来分钟，对方碍于情面，最终答应了她。

挂了电话，她看到我吃惊的眼神，不好意思地笑笑："我想带我一个朋友一起去，因为上次她帮过我的忙，所以想多要一个名额，把她带上。"

她也曾这样把我带上过。比如，她说请我吃饭，当我跟她去了以后，才发现买单的人不是她。

她把所有的聪明才智用在了人际关系的维护上，其实就是空手套白狼。但是，这也给人造成一种朋友圈繁荣的假象。

之后，我离开了那个城市，与她断了联系。

前段时间在网上遇到同行，对方提起了她。我问："你也是她的朋友？"

对方闻言，嗤之以鼻："有的人相识遍天下，好友烂大街，还是做她的敌人好，物以稀为贵。"

我才知道，她混了这么多年，即将奔四了，仍租房住，仍没有嫁，仍锱铢必较地占便宜——一家公司换一家公司地打着工，工作、生活、写作都没有进步。她曾经结交过那么多朋友，铺过那么多条路，但谁也没能把她拉上阳光大道。

其实，她并不是不努力，只是太迷信人际关系的力量——若把时间花在其他方面，或许早有建树。

一个庸人对于友谊最大的利用，不过是蹭顿饭吃，蹭件衣服穿，占点微不足道的小便宜。朋友就算愿意帮大忙，比如推荐你去做某公司 CEO，也要你自己有料啊——你的表现要不至于让对方蒙羞才是。

许多人只有一条路可走，那就是靠一己之力、一技之长埋头苦干，自给自足。如果有朋友提携是锦上添花，没有也不会太糟。

网上有一条成功法则这样写道：成功的你，收入是身边常联系的 10 个朋友的平均收入。我不知道这功利又武断的话出自何方，反正论坛、微博上到处都在转，可见很多人是相信的。

于是，大家越来越功利，削尖脑袋去结交比自己聪明、能干、有钱的朋友，以便帮助自己进步。可如果这种逻辑成立的话，像马云、马化腾这样的人就不能随便交朋友了吧，因为他们要是不小心认识了两个穷鬼，收入马上被拉下大半。

"近朱者赤，近墨者黑"有一定道理，但是不能本末倒置。更多时候，不是你认识了有钱的朋友你才变得有钱，认识了优秀的人你才变得优秀——而是你有钱后，才真正融入了有钱人的群体，成了有钱人的朋友；你优秀了，那些优秀的人才会自然而然地来结交你。

友谊应源于个人魅力、人格、品德、才学的互相吸引，而不是刻意地殷勤和巴结。你和谁在一起，和谁相遇，和谁有缘，上帝都已经在可行性上先给你筛了一遍，那叫物以类聚。

奥斯卡·王尔德说：照顾好你的奢侈品，你的必需品自己会照顾自己。他的意思是：如果你能养得起奢侈品，你的必需品自然会有，根本无须操心。

我想说，照顾好你自己，你的朋友也会自己照顾好自己。如果我们不去竞选总统，不搞传销去骗人，那么，对于朋友的功能，我们无须奢求太多。

2. 纠结症患者的自述

很多人喜欢问，我要不要学写作？我要不要去健身？我要不要学钢琴？

表面上看，人们之所以这样纠结，是因为害怕付出努力得不到相应回报，导致浪费了心力和时间。

然而，同样需要付出心力和时间的事，却很少听见别人问，比如：我要不要去旅行？我要不要追偶像剧？

因为上述两个问题的前者要离开舒适的环境，需要一定的毅力，所以有句"黑鸡汤"说：努力未必成功，不努力却肯定舒服。

舒服吗？倘若你本是散淡的人，你会真的很舒服。但对于所有会纠结"我该不该努力"的人，其实非常不舒服。

那种"觉得自己本身不够努力"的病，会纠缠住你，并且时不时地发作一下，令你陷入无力改变现状的自责、愧疚，甚至愤怒当中。

每次你都需要找很多理由和借口，为"不努力"开脱和逃避，才能缓解这种不舒服。可是，隔了几天它又会卷土重来。

这种情绪不会消失，它会一直伴随着你，直到你死的那一天——甚至让你在临死之前，回顾自己一生的碌碌无为，流下最后一滴忏悔的眼泪。

为什么有人将懒称为"懒癌"？就因为它是潜伏在我们生命里的绝症。如果你想被治愈，除了去做你一直想做又怕做的事，别无他途。

为什么我明白这种感受？因为我也是这样的人啊！

在以前，我一直在纠结自己该不该多花一点时间写作。其中好几年，我每年写作的量以发表不到两万字的龟速在前进。

我时不时对自己产生不满的情绪，一边觉得自己应该更勤奋，可一边又总是找各种理由安慰自己："纸媒日薄西山，稿费那么低"，做一份正职已经够辛苦了，而某些人不上班也可以安然自得。人生苦短，这么辛苦干吗……

我就在这样的纠结当中，浪费了好几年的时光。

然而，今年我终于狠下心来，花了大量时间去维护一个公众号。做的过程中真的很辛苦，其间也在不断怀疑自己：我做的事情和我付出的努力，真的有意义吗？

坚持到现在，也谈不上有多大的收获。公众号流量微不足道，不过多了一些发表在公众号的文章和一本新书的合同，一切并没有达到我的预期。

花这么多时间和心力去写作，我后悔了吗？

是的，我感到前所未有的后悔！

我后悔我以前为什么要花那么多时间去纠结，为什么不早一点开始去努力？我为什么不能果断一点？这才是导致我现在这么辛苦的根本原因！

因为我不够努力，我和当初那些一起起步的作者，不可同日而语；因为总在纠结，错过了写博客、微博、公众号最好的时代。我唯独庆幸此刻我没有继续纠结，否则我必将错过更多。

昨天看王安忆的书，在个人简介那一页印着她的一段话，现在分享给大家：写小说就是这样，一桩东西存在不存在，似乎就取决于是不是能够坐下来，拿起笔，在空白的笔记本上写下一行一行字。然后第二天、第三天，再接着上一日所写，继续一行一行写下去，夜以继日。要是有一点动摇和犹疑，一切将不复存在。

世间万事，皆是如此艰难。比我们更勤奋、更有天分的人，也在逐日逐夜、逐分逐秒与惰性作战，不敢懈怠。

为什么要努力？我想，首先是为了证明自己有能力征服自己。尔后，才有机会去试一试能不能征服其他事物。

所以，不用纠结该不该做。因为我们不去做，省下来的时间也没有拿去拯救地球，而是浪费在其他地方了，比如发呆、睡觉、追剧、游戏。

时间像个大蛋糕，吃一口少一口，但是我们不吃，它自己也会坏的。所以，想写作，那就马上打开电脑，敲下一行一行字。想健身，此刻如果躺在床上，那就先做几个仰卧起坐吧。

写一个字有一个字的成就，做一个仰卧起坐有一个仰卧起坐的效果。这些都意味着你正在向成功出发。

网友问："26 岁学习钢琴晚吗？"

我的回答是："对世间万物保持好奇与兴趣，永远有学习动力，是一种良好的人生态度。"

因为年龄而纠结学不学习、恋不恋爱、冒不冒险、跳不跳舞等事情的人，最先苍老的不是身体，而是他的心——年龄从来不是爱与自由的枷锁。

在这庸常的生活里，如果能保持一颗火热、积极的心，对自己很重要。

当我做了某件事后，是的，我有些后悔做得晚了。但令我最后悔的是，我因为把时间花在纠结上而令它开始晚的。

3. 从来没有一份委屈是应该的

这篇文章是给老板看的。因为，我在微信上看过很多文章，全都是写给员工看的。

每天都有各种洗脑文、励志文，教你如何为公司不计回报地付出才会有收获，教你要怎样忍辱负重才会取得成功，教你要做到一二三四五点老板才会喜欢，教你要珍惜对你要求高的领导，还说痛苦和委屈能把你的心胸撑大。

这些文章，看得我很心塞。

为什么从来没有人站出来写一篇文章告诉老板，应该如何做个员工喜欢的老板？

为什么总是要员工不计回报地对老板、对公司奉献和付出？

为什么老板不能先行一步，对员工好一点？

为什么没人写"请老板珍惜那些提出高薪的员工"呢？

为什么？因为他们写的都是宇宙真理吗？

不，我更相信的是，每个写这种文章的人后面都有个让他们害怕的老板，他们需要顺着老板的意思，讨老板欢心，写符合老板利益的文章。就算有些写文章的人现在没老板，也担心将来会有老板。

我也有老板，但我不是那么害怕我的老板。就算有朝一日不干这份工作了，我也打算不准备再有老板，所以我比较敢讲真话。

最近又看到一篇文章叫《没有一份工作是不委屈的》，里面引用了"打工皇帝"李绍唐的话：被骂是一种能力。

我超烦这种论调，当时就很不爽，心想：快快把作者叫来——如果被骂是一种能力，让我们助他一臂之力，一人骂他一句，他就有超能力了。

我承认，一个人要成功，必须要有强大的内心，但是受委屈和被骂与成功没有丝毫必然联系。难道你考大学真的是被骂出来的？找工作也是被骂出来的？

一个人能成功，更重要的是因为他发自内心的动力，而不是被动的什么理由。

总是有老板持这样的论点："我骂你是为你好，我骂你，你才会成长！"

要真是这样的话，被骂得最惨的那个人岂不是要成世界首富了？我更担心的是：老板，你现在很久没有被人骂了，会不会不成长了？

被骂不会让人变成功，被骂甚至不会让一个人的心理变强大——被骂只会让人越来越自卑，越来越充满负能量。我从没听说有人被骂成富翁的，但是，有好几回看到员工被骂以后气不过一刀捅死上级的新闻。

好吧，这就是你们认为的强大！

许多老板看了乔布斯的传记，没有学会乔布斯的创新思维和创造能力，却记住了乔布思的严苛与暴躁。然后，他们就误解乔布斯的成功是：很会骂员工。

反正其他方面学不了，骂人最容易学呀，于是大家争相效仿。可是，如果老板会骂人就能成就伟大公司的话，中国的老板基本都会骂人啊，怎么没有一家公司变成苹果公司呢？

前段时间，我看到朋友圈里有个老板说，好领导就是要对员工够狠。

当时我就反驳他：一个团队，如果员工要靠骂来成长，说明他的团队全是庸才。

有能力的人都是骄傲的，只有觉得自己要靠拍马屁忍气吞声才能找到工作的人，才会对你俯首称臣。你觉得员工都是老板调教出来的，那就没有刘备三顾茅庐这回事了，爱谁谁呀！

你爱骂人也没什么的，但至少你得恩威并施啊！

可是，有的老板只懂威不知道恩。伙计恨得表面服帖、背地里使坏，你以为他真的怕你？他怕的是钱啊！你以为自己是乔布斯啊？乔布斯有才华，有天分，有人格魅力，有伟大的公司，被他骂也就算了。

可是，一般的老板如果只会骂人，开的工资又不比别处高，员工凭什么忍你，他是受虐狂吗？

以前，有个媒体朋友动不动就对我说：帮帮忙啊，快一点帮我供稿啊，老板又要骂我了。

我真的很同情她，她真的天天被上司骂，各种骂。我问她为什么不跳槽，才知道因为她的工资比同行高一倍。

对啊，她能忍受被骂不是因为她被骂得很爽，或是觉得会因此而成长，而是她的工资高——她老板不知道他每个月在向员工付他骂人的钱吗？这样的老板还算是好的，至少他多付了钱。

有的老板，开的薪水和同行一样，可是成天不知道有多威风，明明累得像狗似的替他赚钱，明明按劳取酬，他的脸色却臭得像后娘似的，仍要把你当叫花子对待，高高在上的样子好像真的是他在养你，施舍你。

不不不，施舍的人不会骂叫花子，而你其实根本连叫花子都不如。

这么威风的人，大多数还不是真正的老板，而是职业经理人，或高你一级的小主管，但他们偏偏会狐假虎威。老板只要求他苛刻八分，他更狠，非要做足十二分，先老板之忧而忧，后老板之乐而乐——在老板面前他唯唯诺诺，一转脸面对下属，眼神里时刻都像在说：你们给我好好干！

对于这种人，我只想说，希望你永远这么威风。

比如我一个朋友，她原来供职于通信供应商时，也有个非常威风、经常把她骂成狗的上司。直到有一天，她跳槽去了通信运营商那里，立刻，那个曾经八面威风的上司在她面前就乖成一只哈巴狗了。

这种例子太多了。

行业很小的，就算你永远不离职，永远蹲在这里做别人的上司，三十年河东三十年河西，你也不能保证你的员工永远不跳槽，哪天说不定还会变成你的客户，甚至你的上级呢。所以，何必为一份工作不留余地到让别人记恨你？

有人会说：鲁西西，你这么讲，是不是因为你确定文章不会被你的老板看到啊？不是，我的老板也是我的粉丝呢，我更新的每篇文章他都能看到。

好的上级，是让你能轻松、坦诚地做你自己的人。

如果你不幸遇到了一个坏老板，你千万不要觉得他无底线地侮辱你是应该的，你爹妈也没这样对你，他凭什么？努力工作自然没错，但跟对人永远排在做对事前面。

为什么会有人越努力越不幸，因为跟错了老板呗。没有一份委屈是应该的，也没有一份痛苦是必须的。

4. 条条大路通罗马，可是你此刻在哪里

我有一个朋友，大学时他学了冷门专业。大学毕业那会儿，他曾获得一个很好的工作机会，然而，当时他一心想继续读研究生。

可当他念完研究生后却傻了眼，他发现根本找不到工作，投过无数简历却如泥牛入海——这个专业本来就招聘机会不多，而因为工作经验这项要求招聘单位纷纷把他拒之门外。

他没有料到读研的结果反而更糟。他看到大学同学现在都混得挺不错，有门路的研究生同学也找到了很好的工作，于是背着沉重的压力跑来找我倾诉："毕业半年了，仍不知道该何去何从。很多人都劝我不如退而求其次先去做和专业毫不相干的工作，比如销售、金融之类的。到底怎么办呢？"

我对他说："在你家经济条件允许的前提下，我不建议你去找不相干的工作，因为它和你原来的就业方向背道而驰。做销售的工作经验，并不能帮助你在未来找到你所学专业的工作。

"既然你去面试被拒绝的原因是没有相关工作经验，那么，你应该先解决这个专业的工作经验问题。"

朋友说："他们不给我工作机会，我就没有工作经验。没

有工作经验就找不到工作，这是个死结。"

我对他说："这不是死结，而在于你愿不愿意。你现在找的工作，都是你学的专业中最好的单位，你去诚恳地跟单位的负责人谈谈，你愿意给他们打工，实习期间可以不计辛苦，不计工资，只要他们给你一个职位。

"你恳求他，用你最大的诚意说服他。如果仍不行，换一家试试，相信我，一定会有单位要你的。"

朋友说："怎么可以不要工资？我读这么多年书，考上一流大学，毕业了却要给别人白干……家里人会怎么想，同学会怎么看？"

我继续苦口婆心地劝他："你如果在这家单位工作一年半载，至少能得到两种可能。第一种，如果你表现出众，让你的领导很满意，三个月以后他们就会正式录用你。对于人才，领导永远不会让他白干的。

"第二种，你获得了工作经验，再去其他单位面试，比现在容易多了。既然你读了这么多年书，又何必在意再付出一年的时间？

"我知道你现在压力大，可你不要去管别人怎么想、怎么看，忘记一切，专注自己的事，就当你这一年仍在学习。人生是一场马拉松，起跑慢一点没有关系，方向才重要。"

朋友被我说服了。几年之后，他已在这个行业立足，成为一家公司的项目负责人。

我当时之所以向他提出这个超乎情理的建议，是出于对他自身情况的了解和判断：他父母有能力多供养他一年，他暂时可以不为生计而苦恼；他的专业很冷门，他的文凭和专业含金量高，而且他很聪明勤奋，他只是没有任何门路和关系，缺乏工作经验和机会。

因此，这是他在当时处境中最快接近理想的选择。如果他不愿意少赚一年工资，而去迁就一份不理想的工作，一年以后，这个境遇多半不会有什么改变，他永远只能做他不想做的工作。

讲这个故事，我想说的是，这世界上有很多事是无法单独拎出来分辨是非对错的。比如，要先去赚钱，还是先赚工作经验？每个人会因为自己的位置和处境不同，给出不同的答案，每种答案可能都没有错，但它并不一定适合所有人。

如果让朋友去知乎上问：我该不该不拿工资白干一年活？恐怕大多数人会说不该。有人会说这是扰乱劳动市场秩序；有人会说这是主动被剥削，违反做人原则；有人会说这样太自私，要让父母多养你一年；有人会说其实去做销售也很好……

然后，他就会在各种建议中被绕晕了，忘记自己最初想要去哪里。

条条大路通罗马，可是有人天生就在罗马。

你想要去一个地方，你去问陌生人你该怎么走：在海边的人认为，你坐船最好最正确；有钱人认为，你坐头等舱最好最正确；铁路边上的人认为，你坐火车最好最正确；生在那个地方的人会认为，你走路最好最正确。听从了他们的建议，也许你离目标更远了，而且还浪费了搭车钱……

这个世界上，不是每个人都有一样的条件，最重要的是：你坚持一个正确的方向，用自己的办法坚信不疑地走下去，总有一天会抵达目的地。

这两天，网络上为"大学毕业的实习生该不该替老板拿盒饭"这件事吵得难分难解。其实，大家说得都有道理，既可以选"该"，也可以选"不该"。

如果你想快速提升业绩，在那样的团队中可以学到很多经验，那么，拿盒饭打杂只是获取经验很小的代价；如果你想写剧本，当编剧，但老板永远只派你拿盒饭、打杂，根本没给你学习机会，那就是浪费时间。

拿盒饭本身是无关对错的细枝末节，而决定这个问题对错的，是你想要往哪个方向发展。

为了理想，拿盒饭又有什么不可以的呢？许多大人物身处困境时也能够卧薪尝胆，如果你觉得你比别人受过更多的教育，结果却做一些打杂的小事，这是对自我的设限。

那么，教育不是对一个人的设限，而是令一个人更有弹性，眼光看得更远。人生有很多种可能，让你既能干粗活，也能动脑子；既可以放下面子，也可以为走得更远放弃眼前的利益。

我这么说，并不是鼓励大家没事都去找点粗活来干，或者白干——而是说，如果它是你通往理想的必经之路，你又没有更好的选择，那么，不必太拘泥于无关大局的小事。

一个人不管是给别人端饭也好，不拿工资工作也好，有朝一日你成功了，这些过往都会变成你的美德。就像人们传颂成

功者的卧薪尝胆和忍辱负重，为理想所做的付出，会成为你的人生勋章。

不过，如果你的初衷只是想开开心心地做个小职员，过平凡人生，那就完全没必要在自以为是的老板手下做受气包了。你可以找一个平和又亲民的老板，说不定他还会为你拿盒饭呢。

所以，一件事的对与错，取决于你是什么样的人，你想要达到什么样的高度。

你不用花太多时间去考虑和争执具体细节的对与错，只要大方向是对的。比如，如果你想结婚，那就不用介意对象是朋友介绍的还是自己认识的，结果是殊途同归。

相反，当一件事和你的人生方向背道而驰的时候，不管它表面上看起来有多美好和诱人，人们怎样众口一词地说它正确，你也要懂得拒绝或放弃。

比如，有个文友和我一起开公众号写文章，写着写着，他就到另一个网站剪辑视频了。因为收入很可观，他好心地建议我也去。

我不假思索地拒绝了，因为这有违我最初的方向，我只是想写好文章。我想去的是罗马，哪怕艰难跋涉，我也不能因为迎面驰来一辆车随便就上，即使坐车会比走路舒服，可它和我去的不是一个方向。

还有一个网友，她一直想从事文字方面的工作，可是，当她面对另一份和文字没有关系但是表面光鲜的工作时，她开始变得动摇和纠结了。

当你无法专注目标和拒绝诱惑，你就可能会花很多时间纠结于各种选择上、分辨是非对错上，就会走上弯路，开始浪费时间。目标明确的人，表面上看起来要放弃和失去很多，但他永远会比东张西望的人更早抵达罗马。

永远瞄准初衷，这是我用于衡量一些无关道德的选择时的标尺。在人生的十字路口，当你不知道何去何从的时候，就想一想自己最初的方向。

5. "潜台词"表达法，使沟通更有效

我进目前这家公司之前，是自由撰稿人。那是纸媒最好的时代，当时，每个月只须花一周工夫写稿，就可以过得很滋润。

我之所以会出来找工作，纯粹是由于闲得太无聊了。自在诚可贵，时间久了也有点腻，某一段时间，我开始向往朝九晚五的规律性生活，就想找份工作，尝尝被人管头管脚的滋味。

我想找个好玩的工作，做个一年半载，体验一下生活。于是我上了一家本土网站，去他们的招聘频道看，结果一打开就发现，这家网站正在招聘论坛管理员。

那时候我也玩论坛，马上被这个职位吸引了——我在别的论坛还自带干粮当版主呢，这里让我当版主还给钱，多有吸引

力的工作啊！于是，我没有再看别的招聘信息，不假思索就加了网站主编小雷的 QQ。在网上聊了一下，我们一拍即合，他叫我直接来上班。

网站给的工资很低，不到写稿子的 1/3，但我不是很在意，不让我加班就行——这样，我写稿就可以补贴生活。

上岗之后，我发现部门的领导、同事都很友善，工作内容也很有趣。我开始制定论坛的游戏规则、奖惩制度，构建虚拟币、银行、利率……我就是这个论坛的统治者。

当时，公司还没有实行打卡制度，但我每天总是最早一个来，最后一个走——不是由于敬业，而是由于工作好玩。

上了一个多星期班以后，小雷跟我说：池总今天会过来，他要和你谈谈。然后我才知道，我们网站还有一个更高级别的老总，我只是一名底层员工。

大人物要过来和我谈话，我心里不由觉得紧张，想着一会儿要如何应对才好。

结果，池总到快下班时才来，一进门就说："鲁西西，你好，欢迎加入我们团队。今晚我请你们几个吃饭吧，去香格里拉吃自助餐怎样？"

几乎是猝不及防啊！

我还在想象老板驾到会给我一个什么样的"下马威"，或是怎样严峻地拷问——结果他一来，什么也不说先请吃饭，还是在香格里拉——在当时是福州最好的自助餐……他太懂得底层员工的心了——作为穷人的我，往往觉得自助餐是最高的礼遇。

　　而且，就餐氛围也出人预料的轻松，完全不像在和老板吃饭——他是跟我谈话了，不过不是谈工作，而是谈糕点和生蚝。

　　吃了两轮，大家已停下来。彼时，我还是个生猛的吃货，觉得来一趟香格里拉一定要吃回本。我再一次拿起盘子，小声地问："你们要冰淇淋吗？"

　　别人都说不要，池总想了想说："我应该还可以吃一个冰淇淋。"

　　等我把食物取回来，池总吃得很慢。我忽然之间会意，他并不是想吃，而只是觉得我一个女生不断地在吃会不会不好意思或太尴尬，才跟着要一个的。吃完饭，池总开车将我们逐一送回去，先送女员工，后送男员工。

　　请员工吃饭的老板有很多，但是每次吃完饭将员工一个一个送回家的老板，我只见过池总一个。

　　后来，我才知道池总并不是真正的老板——他曾经是我们网站的创始人，我们老板请他指点我们工作。现在他在另一家上市公司做老总，很忙，基本要好几个月才能见到他一次——我们这里，只是他微乎其微的友谊"兼职"吧。

　　很多员工见老总如老鼠见猫，我们却像留守儿童盼着爸爸一样盼着池总，因为他每次来总会带我们去美伦华美达大饭店、世纪金源大饭店等吃好吃的。有时他所在的公司发福利，他会特别开车绕过来给我们送一箱橘子或者蛋糕，让大家分着吃。

　　当然，我们盼望池总的缘由，也不完全是由于馋。我们觉得将工作的困扰、辛劳跟他倾诉一下，就能得到安慰，因为我们知道他是懂得的——像一个慈爱的长者，每个孩子都想得到他的关注。

我从来没有听他骂过任何人，甚至连带着居高临下意味的话都没有说过。

有一次，我向池总说起另一个同事在某项工作上不配合，他在电话里说："我明晚请你们俩一同吃饭吧，你叫上他。"

又是吃饭，三个人放松地闲谈，基本没提工作，那同事完全不知情，可能还误解这顿饭是老板在嘉奖他。

池总只是在饭局快结束之即，轻描淡写地问我那位同事："最近很忙吧，能不能安排点时间把鲁西西的这件事做一下？"那同事开开心心回去后，很快把我的事情给处理了。

不对立，不苛责，举重若轻之间，用协助，用安抚，将工作的矛盾化解。遇到这样的老板，是我们的幸福，员工的尊严、情绪，被老板慈悲地、最大限度地保护着——我们也报答他，用薪酬无法购买的忠实和心底由衷的敬仰。

后来，他不再管理我们，我们对他的敬爱与忠实，延续为对工作、对这个网站的热爱与忠实。我曾经以为只是玩票的工作，不承想竟然做到了今天，即便中途有更具实力的公司开出更好的条件让我跳槽，我也没有去。

还有，网站的兼职程序员，他在其他公司做事，年薪几十万，但在我们公司一年的兼职工资只有两万；网站的兼职管理员，在某上市公司做管理层，在我们公司领一千多块的零花钱，替我们长期打杂。

这都不是为了钱，是为了情。

想起很多年前，有一天我在公司楼道遇见池总，我先向他打招呼：池总好！

他看到我，连忙解释："对不起，刚才你站在暗处，我没有看到你。"

我很感动，竟然有老板由于没有先向员工打招呼觉得要道歉的——多少老板不过用合理的报酬换你的劳动，就以衣食父母自居，就要你感恩戴德。

池总的亲善态度对我们影响深远，管理风格也在后来被我所效仿，我们部门的人虽然偶尔也会争论、吐槽，然而一直保持平等友善、亲如兄弟姐妹的工作氛围。

这群同事，我们可以无话不说，一言不合就聚餐，或结伴旅行，每个人过生日一同吃蛋糕，过圣诞节互送礼物——不是那种假惺惺的亲热，是可以没心没肺地互相开玩笑，仿佛仍在校园读书的死党时代。

一个部门的气场、氛围，来自它的灵魂人物——我们的氛围，很多年前已被池总定了。

在这样的氛围里，我们不用磨平棱角去顺应谁，不用为钩心斗角而耗费时间和精力，去假装变成另一个人。所以，每个人能最大限度地保留自我和性情中率性、纯真的部分。

我写这篇文章，并不是想讨好池总，他不在我的朋友圈，我们大约有两年没有联系了。我只是感怀，这艘曾经热爱和坚守的大船，现在我看着它，难过，却无能为力。

我曾经对一个行政经理说，有时想到要离开一家本人努力付出过的单位，心境是无比纠结和难过，就像离婚——跟一些过往，一些记忆，一些人和事，彻底断开了。

感谢你，池总，给了我一段那么温暖的职场体验。

6.情商高就会懂得怎样发脾气

我有一个同事，曾被另一个同事称赞"懂得发脾气"：他平日对人热情友善，嘴巴很甜，还经常请大家吃零食、水果。于是，有人误会他脾气好，试图跟他开一些越界的玩笑，结果他当场就变脸——某些时刻，他的脾气也大得惊天动地。

渐渐地，所有人明白了，他可以对所有人都好，但是一旦侵犯到他的尊严和利益，他也是会认真反击的。因为这种人际关系上的分寸感，反而令他在和大家保持良好关系的同时，又能获得别人的尊重。

有些人认为，发脾气是个负面词语，情商高就应该永远压制自己的情绪。事实上，在一个群体里，做一个永不发脾气的老好人是一件吃力不讨好的事。倪匡也说：最讨厌的，是天天发脾气与永远不发脾气的女人。

其实，男人也一样。

永不发脾气，不代表你能赢得所有人的友情，反而往往只会沦落为受气包——大家觉得你没有底线，什么玩笑都可以开，什么人都会来欺负你：因为你不会生气。

那么，什么时候该发脾气呢？

比如让你觉得很不爽却仍在发生的事，要发脾气；比如要第一时间表明立场的事，如果表明立场了还是解决不了，就有必要采用慷慨激昂的态度，甚至发脾气。

工作的时候，我要同时回应十几个同事的QQ，但我对别人在非必要时滥用窗口抖动这个功能较为反感。

有个同事，每次在QQ上找我，上来一言不发就先抖我一下，等我问她什么事，她才开口说话。可能她觉得这样比较省事，可以第一时间找到对方。

她第一次抖我，我没有生气，只是对她说："别一上来不说话就抖我啊，我不喜欢被别人抖。"

她听了没有放在心上，过了几天，又在QQ上一言不发先抖了我一下。我有点生气：不要一上来就抖别人，有点不礼貌哦。

她仍没有放在心上，第三次还是这样。

我觉得必须教训她一下："你这种人很自私好吗？为了能省自己几秒钟，一上来就先抖别人，以便别人第一时间回复你。可是我QQ上有十几个窗口同时在线，我要按先后次序回复，你抖一下，相当于你在插队——然后我的次序就乱了，忘记哪些回应过，哪些没有回应过，还要一一查看。你省了几秒钟，却浪费了我更多的时间。"

好了，至少下一次她再找我的时候，不随便抖我了。

有些人不愿得罪别人，因此会强行去忍一件一再使自己不爽的事，其实是在酝酿一场更大的危机——

因为你不说，对方不知道这件事会让你不爽，所以，他会重复做同样的事让你不爽。然后，你还是在忍，你的不爽不会消失，反而会升级——你会变得很反感他这个人，不满情绪在其他方面表现出来：就是对他态度不好，工作无法配合到位，或者在背后说他，最终你仍然无法和他好好相处。

发脾气未必会得罪人，只要你发完之后能够适当地"收"一下。比如你慷慨激昂之后，对方能认识或改正错误，我们也要温柔地示好：我知道你一定也很忙，手上工作太多了，大家都不容易。

对方改正之后，你要表示感谢和肯定：谢谢你对我的支持和理解，之前有分歧，只是因为大家看问题的角度不同。

只要对事不对人，只要改正仍是好同志——没有心结，没有怨怼，大家才能合作愉快。

涉及重要利益的纠缠，就算不生气也要发脾气。

这一点，服装店的老板运用得很好。记得以前去服装店买衣服，一到出价的环节，我都不由自主地战战兢兢，因为那些店主一言不合就会怒发冲冠——她们生起气来的样子很吓人，好像你出的价格足以侮辱她全家，已经到了与你不共戴天的地步。

现在才知道，她们不是真生气，这不过是一种心理战术。

我在工作中经常遇到谈判耗时耗力且没完没了的事，特别是当对方是个外行，跟他完全讲不清楚的时候，时间都浪费在无谓的沟通和纠缠上了。

后来我发现，在这件事情上，无论我有多少道理、多么正确都没有用，只有在我很生气地发脾气的时候，才能达成一致。这时候，我意识到我在扮演服装店老板的角色——有很多事，对方在审时度势中是以你的态度来做决策的。

正如咪蒙在某文中提到，一次她去购物，她问店员买的东西过了保修期怎么办？店员教她一个秘诀：只要足够凶，一来就拍柜台，大吼"叫你们经理出来"，这样，不管过了多少天，都可以换货。记住，不能语气平静，不能讲礼貌。

说这个例子，不是支持大家为了争取利益要去无理取闹，而是想说：这个世界上有些人真的欺软怕硬、看人下菜，会根据对方的态度做决定。

还有一个故事：某工厂里有两个横蛮的员工，为了一点点儿羊肉分配不均吵得不可开交，先闹到领导那里，然后闹到工会那里。两边都不是善茬儿，别人怎么摆事实讲道理就是不听。

后来来了一个领导，比他们更凶，他找人买来四斤羊肉，摔到他俩面前，大吼一声："一人两斤，滚！"两个人这才老实了，夹着尾巴走了。

这年头，从不发脾气也是行不通的，有些事没办法好好说，非得激烈地表达出来，才能被对方接受，才能达到效果。

人人都很忙，没有人认真推敲和揣摩你的心意，非得简单粗暴地说出来，发一发脾气，对方才知道你真的有苦衷，同事才知道你有多辛苦，恋人才知道你真的很爱他（她），谈判对方才知道你真的吃亏了。

脾气，人人都会发，懂得什么时候该发脾气，对什么样的人发脾气，却是一门艺术。如果你把握不了分寸，还是先少发为好。

7.懂得管理情绪才是聪明人

我有一个朋友，他总是在该发脾气的时候不发脾气，不该发脾气的时候乱发脾气。

比如，他辛苦地加班干活，一起合作的同事却独吞了这项工作的奖金，且不止一次。我觉得这时候，他应该表明态度，对同事说NO。可他觉得没什么，主要还是不好意思，因为钱又不多，没必要斤斤计较——要了会伤和气。

可我认为这是原则问题，和钱多钱少没有关系：钱多的时候，不该这样；钱少的时候，也不该这样——如果你没有第一时间亮出你的底线，对方就会一次次得寸进尺，这次吞你一只饼，下次吃你一个瓜，胃口越来越大。慢慢的，他会习以为常，完全意识不到自己有错，因为你从来不生气。

有些事，你为什么非等到忍无可忍才去翻脸呢？这样的人，你早晚会得罪，你越晚发脾气，你的损失会越大，你们之间的裂缝也会越大——他不会因为你前九次都让着他，最后一次不让着他而体会到你的用心良苦，反而是更不高兴。

我以前有个同事，她开了一家化妆品店，时不时有亲戚和朋友去她那儿买一包吸油纸、一支护手霜什么的，反正都是一些廉价商品，有些价格也就五块、十几块而已，但她每次都坚持收对方的钱。

她说得好：既然是买卖，就算只是一块钱，也必须给我。哪怕我们关系再好，我宁愿最后将这笔钱全部拿出来请你们吃饭，也要收钱。卖东西就要收钱，这是我做生意的原则。

是啊，如果她没有这个原则的话，那些今天向她要吸油纸的人，明天会向她要洗面奶，后天跟她要眼霜……且一传十、十传百，用不了多久，她的店估计就会关门了。

我那个不好意思对同事发脾气的朋友，这次被同事吞了500块，下次可能会被吞600块。其他同事呢，看到有人这样做他也没什么反应，会不会误会他视金钱如粪土，也效仿呢？

所以，在同事和朋友这些你经常打交道的人际关系之间，要建立彼此交往的次序和界限，这是为了避免以后发生重复性的伤害，产生更多的误会和损失。

就是这个不好意思和同事发脾气的朋友，同陌生人发起脾气来又变得特别好意思了。比如，他骑电动车在路上跟别人发生磕磕碰碰的时候，总是会勃然大怒，与人发生口角。据说，这是所谓的路怒症，很多人都会有。

然而，这种脾气是我最不建议发的。为什么呢？

骂人是为了骂人吗？骂人是为了让对方改正错误，避免再犯。但因为对方是陌生人，你没有义务去教育好一个萍水相逢的人，不管你骂不骂他，他再次冲撞你的概率几乎是零。

更何况，你和陌生人吵架，是将自己置于一个非常危险的境地：因为你不知道他是一个社会混混还是一个精神病人，不知道激怒他之后他会出现哪些过激反应……

我并不是危言耸听。有些人误会说，对陌生人发脾气是不需要买单的，可以恣意宣泄——可一旦买起单来，代价巨大。

我曾经看到一条真实的视频：一个女人在路上和陌生男人发生了轻微碰撞，本来双方已经准备走了，就因为女人骑上车时信口骂了一句脏话，被瞬间暴怒的男人从电动车上拉下来，活活打死了。

还有一条新闻：一个推婴儿车的女人和一个开车的男人发生口角，结果那个男人冲出来，将婴儿车里的婴儿摔在了地上。

这种案例不少见。什么是无妄之灾？这就是了。明明是微不足道的小矛盾，却引发了惊天大祸。

这些新闻让我意识到，路人是易怒的，也是危险的，所以要记住：惹不起，躲得起。对于路人，在一些小摩擦上我们应该多点忍耐，不要轻易发脾气，因为未来我们不需要和他们打交道。

当你不知道哪些脾气该发，或不该发的时候，可以用一个标准来判断：发脾气的初衷应是为了解决未来的问题，争取重要的利益，是为了建立长期规则或达成某种共识，而不仅仅是为了纯粹的情绪宣泄。

不该发脾气和少发脾气的情形包括以下几方面：

一、家人。如果你相信家人是真心爱你的，无论在这件事上他是有意犯错还是无意犯错，是单次犯错还是重复错误，你都应该多包容，而不应该发脾气。

相反，你要好好和他沟通，因为他对你没有恶意，不会存心使你不高兴——如果他改不了，说明他无能为力，你就多想想他其他方面的好吧；如果他真的一无是处，那就不要再交往。

二、无心之失。同事不小心弄脏了你的衣服，不小心弄坏了你心爱的物品，你确定他不是故意的，就算生气也要原谅他。

三、无法挽回的损失。爱人因为贪心被骗子骗了一大笔钱，你要发脾气就是火上浇油了。相信闯祸的人已经很自责，不用你多说，他往后也会变得警惕。

四、无关原则的鸡毛蒜皮的事。比如他约你去吃饭，最后不买单。这种事不用生气，下次不和他去吃好了，因为你可以单方面控制同样的事再发生。但有些小事情也需要发脾气，是因为要防止它重复发生，或扩大化。

五、因为生病和缺陷导致的错误。比如我非常健忘，经常会忘记关空调、关门什么的。家人因此批评我，我回答：我记性差，你以为骂我，我下次就会记住吗？

我每次忘记带手机了，回家拿手机的路上，就已在心中狂骂自己一百次了，但仍然会不断地忘记带手机。如果你真想改变我，多买点燕窝之类的补品给我，帮助我恢复一下记忆力吧。

8. 安慰对方要巧用"顺从心理"

有一天，一个朋友在微信上告诉我："我和同事吵架了！"她怒气冲冲地向我讲述了事情经过，控诉了她同事是怎样的两面三刀，不仅抢走了她的客户，还在领导面前说她坏话。

我听后也用愤愤不平的语气回答："你同事这么坏啊，竟然这样对你！他在哪儿，我跟你一起去找他，我们一起把他暴打一顿，然后把他掐死，丢进水缸里。"

我们两个手无缚鸡之力的弱女子，当然不可能真的去打一个男人，我故意说得这么夸张，只是用语言替朋友泄愤。

朋友听了我说的话，怒气消了一半，还反过来跟我说："也没有你想的那么严重……"

然后，我们两个人，你一言我一语地在微信上声讨起了这个可恶的同事。我告诉朋友，从前我也遭遇过同样的对待，当时非常生气，也想暴打对方，不过最终我也只能通过语言发泄……

有些人有这样的误区，以为在朋友愤怒时，自己一定要充当一个冷静的角色，替朋友分析、反省，这样才能帮助朋友在愤怒中做出正确而理智的判断。

所以，当朋友跑来对你说同事的坏话，你会本着客观公正的立场一本正经地说："我觉得在这件事上你也有责任……"接着，讲一堆大道理给朋友听，以为这是为朋友好。结果，朋友听了会更生气。

这其实不难理解，我们来换位思考一下：有一天，你对朋友说，楼上那个八婆又把脏水滴到你晒的衣服上，气得你上楼骂她，她不认错还反过来骂你，好气哦。

你是希望听到朋友说，这八婆太坏了，你居然摊上这样的邻居，简直没天理了；还是希望朋友说，一点小事都这样大张旗鼓，你做人就不要这么斤斤计较了。

估计你选择的是前者了，因为你之所以找人倾诉，就是想从朋友那里找到支持和安慰。结果对方反过来批评你不会做人，那一刻，你会觉得对方那么冷静理性、高高在上说教的样子，看起来真的好讨厌。

虽然朋友讲的道理并没有什么错，可是你在气头上，只想有人和你感同身受，而不是做出一副局外人的样子对你指手画脚。以后你再遇到什么事，肯定都不想找他说了，因为你会觉得说了也没用，他根本不会明白。

所以，你还在相信忠言逆耳吗？以为一定要坚持说朋友不高兴且正确的话，才是对朋友负责任。其实，那朋友并没有你想象中那么愚蠢，你不需要时时刻刻替她判断对错，跟她讲大道理。

因为她能成为你的朋友，智商并不会比你低太多，你懂的道理，她也懂。你不必替你的朋友反省，反省的事应该让她自己来。当她生气的时候，你陪她一起找碴儿就好了。

那天，我的朋友并没有因为我说的话而去采取任何不理智的行为，她很快就消气了。因为她觉得有人能对她愤怒的事感同身受，能理解她，从而安抚她就可以了。

当朋友气愤的时候，你最好的安抚方式是，感知、模仿她的情绪，陪她一起生气。这在心理学上被称作镜子的法则。

当朋友悲伤的时候，我们又该怎么做呢？

我经常看到一种情形，每当某个朋友通过说说或者微信发表一两句伤心的话，就会有一波人蜂拥而至，七嘴八舌地追问："怎么了？""你发生了什么事？""到底出什么事了？"

我从不这样问，因为我知道，这种情况下当事人通常是不会说的。

当你的朋友遇到特别伤心的事时，要记得给他充分的时间和空间，不要急着去追问他。因为这会令他觉得，你并不是真的关心他，你关心的只是八卦——你在消费他的悲伤。

你的追问可能会让他觉得不舒服，产生防备心理，越被问越不想说。

所以，当朋友悲伤的时候，静静地待在他的身旁，什么也不要问，就假装什么也没发生，直到他主动提起这件事。

心理医生也是这样做的，无论咨询者沉默多久，他们从不会主动去提问和催促对方，而是跟从对方的节奏。

跟从朋友的节奏，在他沉默时允许他沉默。如果你觉得在这件事上你非要表示关心，不能假装视而不见的话，你可以对他说这样两句话：你还好吗？我可以帮你做些什么吗？

第一句是表示：我不关心你发生了什么事，我只关心你；第二句是表示：无论发生什么事，我都在你身边，愿意为你付出绵薄之力。

当朋友终于开口向你倾诉他悲伤的经历时，不要急于表态，不要轻易就说："我明白"。这三个字，也会让对方很不舒服。

对方痛失至亲，你家又没死人，你明白什么；对方离婚了，你婚姻美满，你明白什么；对方生了重病，你活蹦乱跳的，你明白什么？

如果你有经历过对方同样的感受，这样说还好。比如，你可以对一个失恋的朋友说，我上次失恋的时候也像你这样难过，我完全能明白你的心情。

如果你从没有经历过对方此刻正在经历的经历，最好不要轻易发表意见，否则，任何表态可能都会被对方视为站着说话不腰疼。

那要怎么安慰对方呢？就是：不要对朋友悲伤的事随便发表意见，只表示关心和陪伴就好了。

比如，你想做什么我陪你，你想要什么我帮你去买，你想喝酒我陪你一醉方休……这样的话，可以让对方感到你是真的关心、在乎他，虽然你不知道如何安慰他。

陪伴是最长情的告白，不管发生了什么事，让他知道，至少还有你这个朋友在身边，这本身就是一种莫大的安慰。

9. 别人不会教你的是：人生如戏，全靠演技

有一个销售部的同事小 C，业务极强，因为工作有交集，她经常会跑我们部门。她对每个人热情又亲切，令人如浴春风。

前不久小 C 辞职了，她的态度也发生了 360 度的大转弯。再和她在 QQ 上讨论交接的工作，她的风格变得简单粗暴，极不耐烦，一言不合就投诉到她前主管那里，让别人来沟通。

和她对接的同事对我说："小 C 变了，现在态度很差，口吻也是居高临下的姿态。"

我调侃道："不是小 C 变了，是她脱下面具了。"

我写这个例子，不是批评别人虚伪。曾经，我一个极好的朋友对我说："真诚是一种被过分拔高的美德。"

当时我对他的这句话不以为然。很多年以后，我终于懂了。

我们公司年终有评优活动，包括各部门主管对每个部门分别打分，再由行政部负责收集、统计分数，评出优秀部门。毫无意外，行政部年年优秀。

有一年，很多主管议论纷纷，认为行政部这种既当运动员又当裁判员的制度不公平。还有人跑到总经理那里去反映，当时的老总在主管例会中说："听说大家对行政部被评为优秀部

门不服，大家觉得有必要修改制度，重新打分吗？"

行政部主管正虎视眈眈地坐在总经理旁边，大家都很犀，没有人敢出声。

老总又说："觉得不需要重新评选的人举手！"

先有一个人举手，然后其他人纠纠结结、不情不愿地举起了手——不管是吐槽过制度不公平的人，还是跑到老总那里反映制度不公的人，都举了手。

只有我一个人没举手。

当所有人都粉墨登场，只有我诚实的那一刻，我感到一阵寒凉——我不觉得我是《皇帝的新装》中的那个小孩子，而是那个没穿衣服的皇帝。

我觉得好羞耻……

如果时间可以重来，我不仅要第一个举手，多希望还能厚颜无耻又无比真诚地说："行政部这么优秀，公司上下都有目共睹，之前的结果已是实至名归。啊哈哈哈！"

还有一回，一文友发来冗长的文，对我说："请多指教。"

我便信以为真，将文章从头看到尾，中肯又认真地指出她的几处语病，提出可供改进的建议。结果，她冷冷地回道："我写文章没太大抱负，就图个高兴。"

好吧，我又真诚地让别人不高兴了。

而另一个文友根本没看她写什么，却面不改色地回："拿你和亦舒比，我是不乐意的，其实你的文风更像张爱玲。"

评论的水准高下立分，当事人立刻将这位引为知己。

这种话可能在旁人看来演技浮夸，不过别担心，当事人永远不会察觉。比如，我一个朋友的粉丝有一天盛赞她更新的长篇："你写得这么好还没有成名，一定是隐藏得太好了吧？在我看来，你是中国排名第一的推理小说作者。"

聪慧如她，看到这句话也欢喜地截图晒了出来。

所以啊，当你们留言夸我：这是我看过最有用处的励志短文，从来没见过像你这么优秀的作者——我也是心花怒放。很好，你们尽管往死里夸吧，我最爱看现实中的人飙戏了。

曾有位同事，以前每次做年终总结的时候，我都很想给她递纸巾，因为她每每登台发言必哭——有时说起在工作中遇到的艰辛，遭受的屈辱，说着说着眼角就泛起泪光；有时表达对公司、对老板栽培的感激，说着说着就潸然泪下。

别说老板了，我这个和她完全无交集的同事，每回听她声情并茂地讲话，都有种自惭形秽的感动，觉得她太拼、太忠心了，我太对不起公司了！

与她共事多少年，就见识过多少场哭戏。说人家哭是演技好，好像不够公平，很可能人家的辛苦是真的，当时的感触也是真的。

只是相比之下，我们这种不管做过多少事，吃过多少亏，都只会打断牙齿和血吞——在领导面前表现得云淡风轻，在做总结的时候随便一笔带过的员工，好像很吃亏。有多少老板，完全不知道你在做什么，真的只凭员工总结来判断你的工作和忠心的呢？

　　这位同事很优秀，很快自己就做了老板，也吸引了原公司很多优秀的人才投奔了过去，事业顺风顺水。就是我这种不忠心又不优秀的蠢货，还十年如一日地守在原地被老板讨厌着。

　　有人说，三十岁以前拼智力，三十岁以后拼演技。连亦舒这么耿直的人也说：如果你真的生她的气，那么表面上愈加要客气，越不要露出来，不要给她机会防范你，吃明亏。

　　可我们从小受的教育是"好孩子不说谎"，令我们要拔高真诚，去鄙视虚伪，导致很多像我这样从小被误导，长这么大还演技为零的人感觉像是上当受骗了。

　　而在这瞬息万变的世界里，七分靠拼，三分靠演。所以，再也别相信"路遥知马力，日久见人心"这种鬼话，大家都那么忙，你不演，谁有耐心慢慢研究你的心？

　　这时你会说：我演技差怎么办？

　　要练啊！谁是天生有演技的，你看娱乐圈那些演技派，无不是在中年之后才渐入佳境的。

　　怎么练？当然先从简单的开始。抓住一个平时最讨厌的同事，盛赞他穿的那件丑衣服：你的衣服真好看，品位越来越出众了；未来某一天，你可以对曾经恨得牙痒痒的上司热泪盈眶地说：你是我见过最有人格魅力的 boss，是我一辈子的人生导师！

　　不要觉得心虚，不要认为自己从此就变成卑鄙无耻的虚伪小人，好人也需要心机的。你是女的，就当自己是甄嬛、武则天上身，天将降大任于你；你是男的，就当自己在"潜伏"，大义在身不得不伪装。

10. 千万别做一个说话"太"有趣的人

同一间办公室的男同事，专门负责有趣。他演技一流，表情丰富，说起段子来总是让我们笑得前仰后合。以至于有一年，他在公司年会表演时被电视台的导演看上，让他上电视台演了两集情景剧。

这样的人，人缘通常很好。谁不想有个好玩的朋友，有事没事就博自己一笑。于是，我们办公室的同事，要么成为他的好朋友，要么成为他的女友。

这是一件多好的事啊！有趣的人就是魅力四射、老少通杀。

不过，剧情的狗血之处在于，大家根本不知道他在办公室里发展了女朋友，而且一发展还是两个——两个女朋友都自发为他隐瞒，走的是地下情路线。

有一天，当真相无法隐瞒，我们剩下的这八个不是他女朋友的人，瞬间三观尽毁。这么狗血的故事，就在大家的眼皮子底下发生，我们却毫不知情。

没过多久，我们又发现在楼下的其他公司，他也有一个女朋友，还有一个他想变成女朋友……

所以啊，你觉得有趣的人吸引你，你义无反顾地冲他的有趣而去，此时要清醒地知道，其实他也在吸引别人啊！

柴静曾经采访过一位女作家："为什么选择和一个盲人歌手在一起？"

女作家的回答是："王小波的小说里写到，一个母亲对女儿说，一辈子很长，要跟一个有趣的人在一起……"

这个回答无可厚非。可惜她和他的故事却没能延续一辈子，在一起四年后他们分手了。据说，是那个盲人歌手劈了腿。

我讲这两个例子，不是想说所有有趣的人都会花心，而要表达的是，在每个人面前表现得那么有趣的人，很可能本身就存了三心二意之心。

首先，让自己看起来有趣，需要具备两点：一、在口才方面有天赋，肯努力表演；二、试图取悦他人。

就是说，很大一部分人其实都具备让自己变得有趣的能力，如果他在人前显得那么无趣，只是因为他不想取悦对方。

比如周星驰，应该算是有趣的人吧？但是，在现实中和他打交道的人，都说他是个乏味的人。

是不是他一不拍戏，有趣的能力就消失了？

不不不，只是他觉得没必要。作为一个演员，他首先要取悦的是观众；其余时间，他可能觉得没必要这么有趣。毕竟，有趣也是一种力气活啊！

如果我愿意花力气、用点心，是可以在文章里妙语连珠的。但是在生活中，我其实也是个乏味的人，因为我要把我的有趣留给我的读者。

当然，遇到喜欢的人，或心情好的时候，我也不介意有趣一下下。

所以，有趣不过是一种可以习得的技能，是一种表演。对一个人有趣是专情，为工作有趣是敬业。

在所有时间、所有场合，到处表演有趣，就像孔雀开屏是为了求偶——当一个人有趣四射的时候，其实就是在公然撩拨所有人，对所有异性发出一个信号：看看看，我多幽默、多有趣，快来喜欢我啊！

这就是为什么很多看上去那么有趣的人，往往却是滥情之人的原因。

相处得时间久了，熟悉了彼此搞笑的套路，你会发现原本让你觉得那么有趣的人，远不如初见时那般有趣，随后其他的缺点也会慢慢浮出水面。

一辈子很长，你真的要为有趣这样一个脆弱的理由，去义无反顾地爱一个人吗？

11. 这是你在年轻时值得去犯的错

每个人都有梦想。

然而，我们最想做的事，往往是普通人世俗地认为很难以此赚钱维生的工作，比如写作、唱歌、演戏、画画、游戏、跑步……当你胆敢向周遭的亲友宣布，你想做以上其中一种工作，至少会有一大半的人斩钉截铁地告诉你：这不可能，你别傻了。

于是，这导致很多人站在梦想与现实之间，变得举棋不定——我要不要做我喜欢的事呢，可是养不活自己怎么办？

怎么办？我现在来告诉你！

大约两年前，有位作者跑来问我这个问题：因为工作的杂志社倒闭，我失业了。现在要去起点网写网络小说，我想用几年时间去试一试，你觉得我行不行？

这位作者是我熟悉的朋友，之前在杂志上发表过很多文章，出过几本书。可是，以我对他写作天分和努力程度的了解，我十分肯定且确定地对他说了三个字："你不行！"

以我们的熟悉程度和他的性格，他允许我这么直言不讳，所以，他毫不介意地追问我："为什么，可以详细说明吗？"

我向他解释："假设去做生意是十分之一的人赚钱，做网络写手就是千分之一的人赚钱，买彩票就是万分之一的人赚钱。虽然做网络写手赚钱的机会比买彩票会多一点，但你干吗不直接问我，你用一生去坚持买彩票，赚不赚得来钱？

"是啊，报纸上也常常报道谁谁中了几百万的大奖，就像报纸上也会报道有网络写手一年赚个一百万那样。你非要以为那个人能是你，我也没有办法。"

他听完很沮丧，似乎打算要放弃，结果我话锋一转："重点不在于此，重点是你去写网络小说，几年没有收入会饿死吗？"

他告诉我："不会，我单身且有积蓄。"

我不假思索地说："那你应该去做想做的事。当你做了这件事情，既不连累别人又不会饿死的情况下，应该去为梦想试一下。"

接着，他问我："为什么？"

我认真地回答他："我支持你去写作，并不是因为我认为你一定会成功，而因为这是你的梦想。如果你这一生不曾为自己的梦想全力以赴，你的一生只能将就你不喜欢的工作，去过你不想过的生活，你会因此不快乐。

"你每天'身在曹营心在汉'，眼前的工作做不好，还觉得自己身后有退路——梦想那火还一息尚存，它会时不时地撩拨你、骚扰你，让你不得安生，让你不甘心。与其做别的工作三心二意，你还不如为梦想拼搏一把。

"坚持试个几年，成功了当然好，不成功也不会后悔。毕竟这种失败也有意义，至少会让你知道自己努力的极限在哪里——如果自己根本不是那块料，从此认命，只能好好工作。"

两年过去了，当我在 QQ 上遇到他，问道："写作进行得如何？"

他淡淡地回答我，已经不写了。

结局如我所料。然而，即使时光倒流，他再问我一次，我仍然会一字不改地向他做同样的建议。

很多励志文章会写一些让人热血沸腾的成功故事，让你相信只要努力，就会成功。我之所以写一个失败的例子，并不是要泼大家冷水，而是因为，我觉得在追求梦想的过程中，比打鸡血更重要的是：

坦然面对努力会失败的风险，在清醒中做出选择，这也是对自己的人生负责。所以，你要不要选择坚持梦想，不用急着追问成功的概率有多大，重点在于你犯不犯得起这个错误。

如果你家里穷得叮当响，我不会鼓励你让你妈妈卖血供你去追求梦想；如果你一不工作，你儿子马上就没奶粉喝，你不该辞职去追求梦想。但是，如果你年轻，不工作几年也不会饿死，你为什么不去试试呢？

去做，大不了就是输，输了重新来过就好了。如果你将用漫长的一生去过自己不喜欢的生活，干吗那么着急呢？

成功属于有勇气的人，更属于输得起的人。完美的人生，从来不是不会犯错，不会跌倒。

总有一些事、一些人，值得我们去飞蛾扑火，即使只有万分之一成功的可能，即使最后可能得到一个失败的结果，但它也是值得的。比起那些一生不犯错、碌碌无为的人，同样平凡的我们，至少尝试过。

如果再有人问我一样的问题，我一定会反问他："在你不会饿死的前提下，你愿意为梦想多走一段弯路，多受一些苦，多浪费几年时间，少赚一些钱，且有勇气去承担一次失败的可能吗？"

是的，我愿意。

12. 显摆，也要等风来了才行

有很多文章爱宣扬：会花钱才会赚钱，存钱不如存技能。

这种论调很受读者欢迎，因为世界上会花钱的人——"月光族"要远远大于会存钱的人。这种文章，可以适当让大家减轻一些乱花钱的内疚感。

有一次，我有位女友就兴冲冲地转发了一篇呼吁年轻人不要存钱的文章。作者在文中称，他不再抠抠搜搜地省钱以后，一年之后不仅没有比以前更穷，赚钱的能力反而大大提升了。

女友对我说：我觉得他说得很对。

我坚定地说：不对。

这种文章真是对小年轻儿的误导啊，我敢保证，如果每个月把所有钱花光光，欠了一屁股卡债，95% 的人次月、次年只会过得更悲惨。

那种花了钱能变得更会赚钱的人，是因为他们原来就有能力，肯努力，且运气好。可是，把钱花光对大多数人来说，并不意味着能力、运气和努力程度就会因此而改变——你非要认为自己会是那 5% 的人，我也没办法。

会花钱才会赚钱？这句话，在很大程度上被人们误读了。

有些读者认为，应该住更好的房子、下更贵的馆子、穿更高级的衣服，因为对物质的渴望与追求，会促使你对赚钱保有热情与动机。

是的，我承认做一件事动机很重要。然而，在赚钱这件事上，除了四大皆空的出家人，试问，谁会没有动机？只是大多数人空有动机，没有行动力，或者有行动力，却欠缺赚钱的能力、机遇和运气。

其实，我认为这里的"会花钱"应该是指擅长花钱，而不是指爱花钱。两者的区别，就比如会唱歌和爱唱歌，是完全不同的两码事。

什么是擅长花钱？就是把自己有限的钱进行科学合理的分配，投入到回报率最高的地方。打个比方：比如近十年，把钱花在买一套房上就是擅长花钱。

事实上，当今很多人并不是不知道买房会赚钱，而是存钱的速度跟不上房价上涨的速度。

几天前，有位作者朋友跟我聊天，说他刚工作的时候，广州的房价一平方米 1900 元，可是他交不起几万块钱的首付，只能眼睁睁地和这样低廉的房价失之交臂。过了几年，当他存够了 20 万元的时候，首付变成了 40 万元；当他存够 40 万元的时候，首付变成 100 万元……

我真的很替他惋惜。房价一平方米 1900 元的时候，他的月薪大约是 5000 元，收入秒杀了当时 90% 的白领。他说，没存下更多的钱是因为当年太追求生活品质。

现在，他已经算是有一定知名度且很努力的作者了，可是有什么用呢？十多年的勤奋工作加写作所得的收入，追不上北上广一套房的涨幅。

如果当初他愿意牺牲一点生活品质，多存一点钱，花钱的眼光准一点，也无须在今天说各种追悔了。

所以，会存钱，才会赚钱。因为有足够的闲钱，你才能有准备地"等风来"，才能在下一次出现赚钱机遇的时候，气定神闲地进行投资。

再来说存钱不如存技能。存技能不是不对，只是，我想说，如果你没有钱，你根本很难去学到让你赚到更多钱的技能。因为获得技能是需要代价的，是要用时间和金钱去换取的。

有一个网友给我留言，他说：我很厌倦目前的工作，每天都是简单枯燥的忙碌，这份工作既不能让我学到东西，又不能让我赚到更多的钱，我该怎么办？

我建议他利用业余时间多学一项技能，以便有资本跳槽，找到更好的工作。然而，他说：我每天工作十几个小时，回家洗个澡就下半夜了，连娱乐的时间都没有，更别说有时间去学习。

我很无语，我也不知道要怎么办才好。

因为没有好技能，所以找不到好工作；因为找不到好工作，所以存不下钱；因为手里没钱，就不敢辞职不干；因为不敢辞职，就没有时间去学更好的技能。于是，生命陷入一个死循环。

所以，你会发现，没有钱就等于没时间，没钱没时间就不可能存到什么新技能。

人人都知道：存钱不如存技能。可你说，这年头学什么能赚钱的技能不要钱？做俯卧撑吗？

对了，学英语、学烘焙之类是可以在家自学。可是，那些能够自学的技能，要么是在劳动市场上相对廉价，要么是你需要为此付出更多艰辛和时间，走更多弯路为代价的。

这钱不该省啊！各位，存钱是会赚钱的起跑线。好好存钱吧！

13. 不要去急于否定一切

前段时间逛福州小猪网，看到头条帖子，是个外省小伙子连载的来榕日记，文笔尚可，最重要的是回帖很有人气。

小伙子在帖子里说，他来福州一周了，刚开始为了省钱没住旅店，住在网吧里。现在房子租好了，还没有被子，去超市看被子太贵，暂时没舍得买。

看到这里，我的同情心小小地泛滥了一下。鬼使神差，找到他的 QQ 加了他，我发的验证消息是：我可以送你一床毛毯，这样你就不要买垫被了！

事实上，我加他还是有私心的，我当时正在给自家论坛物色管理员，而他正在找工作。我想，或许论坛需要这样一个有文采、有人气，又有发帖热情的管理员，而这个文艺青年正好适合。

于是我加了他，开始和他聊起天来。

我问："你在找工作呀？"本来后半句是"或许我可以帮得上忙"。但出于谨慎，我只说了前半句。

他说："是啊！"

我接着问："那你以前做过什么工作？"

他说："做过桌球室的职业经理人，专门帮助濒临破产的桌球室起死回生。"

听起来很牛的样子，虽然我不了解这个职业，但是我脑海中瞬间浮现了以前看 TVB《酒店风云》里面，那个专门收购濒临破产的酒店，然后重整，赢利后售出的金融精英的形象。

原本想邀他共事的心微微退缩了一步，我好奇地问："你很厉害呀，那你来福州想找什么样的工作？"

"和我原来的职业类似的都可以，我能吃苦，最好是创业型的公司……"他一副踌躇满志的样子。

我深感佩服，这是个有理想、有抱负的青年，而我原来想给他提供的管理员职位，顿时感觉有些拿不出手。

结果，他又补充了一句："只要不是那种坐在办公室，吹着空调、盯着电脑喝茶的工作！"

我被击倒了。

坐办公室里，盯着电脑、吹着空调、喝茶——我不幸四条全中。有一点小区别是，有的同事喝咖啡，有的同事喝可乐，我喝白开水……啊，面对恨不得开天辟地、胸口碎大石的热血青年，"老身"我自惭形秽，觉得上班喝水也是一种罪。

可是，坐在办公室里盯着电脑也很辛苦好不好？我们搞网络的，不盯着电脑事情就没办法做；不坐办公室里，难道要坐在大马路上？至于吹空调和喝茶都是生理需要好不好，为什么要将这些作为对一种职业鄙视的理由呢？

但是，我当时没想这么多，也没有反驳，继续表示对一个有志青年的尊敬，只是与他的聊天从抱着介绍一份工作给他的想法，到没有想法。

于是，话题从我问他答，转为他问我答。

他问："你是做什么的？"

我告诉他，我在一家网站工作。

他接下来又问了一个问题："你们网站什么背景？"

注意，他用的是背景一词。这让我很佩服他，因为20几岁岁的年轻人，已经深深明白背景远比工作本身重要。想我刚毕业的时候，啥也不懂，只会问招聘方我干一个月能挣多少钱，多么目光短浅啊！

然后，我稍微给他解答了一下。

他细细地问了很多，最后又认真地问："那你们现在招不招员工？"

我说，招聘。

他一反常态地问我："工资多少？有没有保险？什么职位？"

我看出他对此很感兴趣，但是，也只好如实告诉他："有，但是这个工作不适合你。"

很快，他便问我为什么。

我慢吞吞地说："因为我们招聘的正是……坐办公室里，盯着电脑、吹着空调，喝着茶的工作。"

他嬉笑着说："那我也可以做啊……怎么样，我很适合的。"然后喋喋不休地向我推荐他自己。

我突然觉得索然无味。

我宁愿他继续鄙视我的工作方式，对我原来想给他推荐的职位嗤之以鼻。因为，我对他会喜欢这份工作这句话已经失去信任了。

所以，当你不了解自己或者别人的时候，就不要去急于否定一切。

14. 高质量示范是最好的沟通

有一种女人，在她的孩子出生的那一刻，她本人仿佛就消失了——她的即时通信工具上的头像，不再是她自己，而是她的孩子。她也没有自己的网名了，QQ、微信上就叫某宝宝妈。

她不再是她，而是宝宝的妈妈——一个孩子的代言人。她在朋友圈晒的永远是孩子：孩子哭了，笑了，在游戏，在学习，去比赛，得奖了……

如果参加聚会，话题也永远是围绕着孩子：孩子多聪明，多可爱，多孝顺，多天才……每个妈妈在自己独家的故事里沉醉，可以讲足三天三夜。

很爱孩子，把孩子当作自己的骄傲，这是母性的本能，无可厚非。然而，许多女人往往不是刻意要隐匿掉自己，只是自认为人生已经乏善可陈，所以才把希望寄托在了孩子身上。

于是，她们觉得最重要的工作就是带好孩子，觉得最大的梦想就是把孩子培养成才：周末就是陪孩子，旅行就是带孩子去玩，学习就是学怎么教育好孩子。

这样，仍然有人觉得还不够。

于是，有人开始讨论妈妈该不该辞职，用自己的几年陪伴换孩子的三十年。她们以为，只要牺牲了自己的事业和时间，就可以为孩子换来更辉煌的人生。

这种想法很一厢情愿，如果你自己不够优秀，再多的陪伴也只能给孩子错误的示范。时间的长度不会改变质量，否则，每个全职妈妈用时间陪伴出来的孩子都是天才了。

有一种观点是，让妈妈回到职场，更有利于对孩子的教育。因为工作，可以让妈妈知识面更广，眼界更宽，心理素质增强，待人接物更加有素，可以在孩子面前做一个很好的榜样——孩子看到妈妈这么努力，自然而然也会效仿。

曾经面试过一个为了带孩子而离开职场几年的妈妈。我问她，平时都上哪些网站？会看哪些书？这样一些非常简单的问题，结果她全都答不上来——她也就三十岁左右，不上班才几年就与社会格格不入了。

我不是歧视全职妈妈，因为有很多优秀的人做了全职妈妈，比如我认识的一个人。她是心理学博士，后来辞掉大学教职回去带孩子了。但在带孩子的过程中，她从未放弃学习，看了很多书，并且主动去和有深度的人交流。

我相信这样的全职妈妈，带出来的孩子一定不会差。

你可以全职带孩子，但这不意味着你要关闭自己的眼睛和心灵，全盘放弃自己人生的追求和修炼。

因为，陪孩子最重要的不是教育，不是督促，而是示范。不是你自己天天追着连续剧，却对孩子说，你不要看电视；不是你自己沉迷于打游戏，却对孩子说，你要努力学习；不是你自己张口闭口脏话、假话，却让孩子要讲文明；不是你整天一页书都不看，却让孩子要热爱阅读。

总之，不是这些。

有些做父母的整日习惯对子女指手画脚，你该这样，你该那样。子女再大一点，心里就根本不屑：就算照你的话学足十成，最终也只不过成为像你那样的人。

教育孩子之前，先看看自己的样子，有什么是值得孩子来学的。你自己也是个优秀的人，对孩子的教育才有足够的分量和说服力。

许多父母都喜欢说这样一句话：我这辈子就这样了，咱家以后就靠你了！

说这话的家长，往往也就是三四十岁的样子。

人生那么长，你才走了一小半，正值壮年，是最有能力、最强大的时光，可你已宣布对自己的人生要放弃理想和改变，把逆袭的重担压在一个几岁，或者十几岁未成年的孩子身上。孩子会想：凭什么啊！

有些人对人生的误解是，以为奋斗只是年轻人的事——小孩子只管努力读书，二十几岁的人才可以去努力拼搏，去实现理想。到了 30 岁以后，一切都晚了，人生已经定型了，这辈子就这样了。

我发现二十几岁的年轻人也这样想。两天前我劝一个失意中的读者，让他先找一份工作，攒够了钱再追求梦想也不迟。

结果他说：可到那时候，我已经 30 岁了。我觉得好无语：30 岁怎么了？此时的人生才过了三分之一，就应该躺下来，坐吃等死了吗？

褚时健在 75 岁时承包了一片荒山，开始种橙子，等到橙子挂果要 6 年，他满怀信心地等到了 81 岁。

摩西奶奶，76 岁开始学画，80 岁举办个展。

与他们的成功相比，我更羡慕他们拥有一颗永远不老的心。有些人把外表修饰得无懈可击，一开口却老气横秋，对梦想这个词嗤之以鼻，拒绝人生所有的可能性。

梦，于是只放在孩子身上做。

如果你甘于平庸，却指望孩子努力且成功，不要忘了有一句俗话叫龙生龙、凤生凤。老鼠是教不出雄鹰的，你自己选择做只笨鸟，却总要孩子先飞。

好吧，就算你的孩子天赋异禀，一定能青出于蓝而胜于蓝——孩子是你的骄傲，可你是孩子的骄傲吗？

正是因为有了孩子，更不可以放弃自己的理想。因为希望孩子能成为一个优秀的人，希望孩子能够拥有优良的品质，就要求自己首先拥有和做到。

因为深知言传身教的重要性，所以努力让自己先成为一个优秀的人，让孩子更接近和拥有这样的可能——为了有一天可以亲口告诉他：父母做得到，你也可以。

不管世界多么现实、残酷，不管活到多老，爸妈依然在努力，依然在坚持，依然在追求梦想，所以，孩子，你也不要放弃哦。

最好的教育，是活出自己的精彩，和孩子一起飞。

这时代，阶层越来越稳定，人生逆袭的机会也许越来越小——你的高度决定了孩子的高度，看你目前的样子，很大程度上就基本能判断出，你的孩子未来会是怎样的了。

第三辑

丛林生存的心理攻略

∙∙∙

　　想要成为一个擅长说话的人，首先需要学习的不是说话技巧，而是在心态上摒除对于说话的误解和偏见。对待别人真正公平的方式，不应该是仅批评别人的错——如果这样去想，你就会发现，去肯定别人并不是一件很难的事。

1.洞悉人性：别掉入朋友的陷阱

有朋友对我诉苦：鲁西西，我好生气啊！

两天前，我发现一个我视为最好朋友的人，竟然在别人那里将我贬得一文不值，对别人说我人品差。可是她一边说着我的坏话，一边又与我亲密无间。这到底是为什么？

其实，症结就在于太"亲密无间"。

谁没干过几件见不得光的事呢？有些朋友在一起久了，难免会互相心生鄙视的。因为关系好，没有掩饰的必要，于是，彼此大咧咧地交换秘密，以便关系亲上加亲，从此——你知道我考试作过弊，我知道你谈恋爱劈过腿。甚至，你知道我偷过舍友的口红，我知道你去夜店鬼混过。

《奇葩说》里有人发表过这样的言论，大意是：最好的友谊，就是彼此见过对方最不堪的一面——大家一起做坏事、糗事，才能成为真正的好姐妹、铁哥们！

这是对友情的误读。

在这世界上，没有一个朋友会对你的不堪和阴暗无条件地接纳和包容。知道你不道德，还没有在心里偷偷鄙视你，只有两种可能：一是她在人品上有过之而无不及；二是她是你妈。

　　有一个曾经和我关系不错的朋友，某一次她得意地对我说："买了一瓶爽肤水，不好用，于是我掺了自来水冒充成全新的，转让给了我另一个朋友。"

　　她对我如此坦白，是相信我不会因此指责她，更不会去揭发她。但是我心里很明白，我此后难以再信任她了。

　　而我的另一个朋友，则向我吐槽过，他非常看不起他某个好朋友的一种行为：她明明不缺钱，可每次去吃自助餐都要顺手牵羊，偷拿餐厅的杯子和勺子，并且为此沾沾自喜。有一次，她还向他展示并炫耀："我家所有勺子都来自吃过饭的餐厅。"

　　在陌生人那里，人们会努力修饰自己的德行，可展示给朋友的往往是自己真实、丑陋的一面。

　　你可能在朋友面前恶毒地诅咒过一个只与你发生过小摩擦的人，可能无意间信口说起自己一闪而过的阴暗念头，还有一些你做过的自以为无伤大雅，其实是损人利己的事——因为你很少会考虑，对方对你的坦白是一种怎样的感受。

　　你天真地以为，既然是最好的朋友，就应该全盘接受你的猥琐之处，还把自己的毫无保留当成是一种率真和不虚伪。

　　好朋友重在坦诚，也许对方会谅解和包容你偶然的、小小的不道德。

　　是的，他们不至于因为这些鸡毛蒜皮的小事和你绝交，但作为一个三观正常的人，就算因为其他方面的原因和你做了朋友，但是他本来就看不起的行为，并不会因为你们关系特别好就对你放宽尺度的啊！

有些友谊会因为双方了解得过于深入而失去尊严，于是，彼此开始轻蔑了。

人无完人，保持适当的距离，其实是最好的相处模式。万万不要苛求别人一定要知道你所有的缺点还能和你做朋友，才说明他是真朋友——你根本不知道的是，对方是不是一边嫌弃你，一边忍着恶心跟你交往呢。

有人过分称颂泛滥之交，以为两个朋友曾经一起偷鸡摸狗了，彼此有了利益相关的秘密，更能证明友谊的忠贞和坚固。

不不不，无论你们一起做过多少坏事，都不能证明什么。否则，最伟大的友谊岂不是要产生在杀人犯、抢劫犯的共犯之间？

你俩一起打过群架也好，偷过东西也罢，只能说明你们是两个不道德、没底线的人。两个坏人加在一起，友谊可能是定时炸弹，他在别的事上不道德、没底线，随时也可能这么对付你。然后，有一天你们一起交换过的秘密，彼此熟知的人格污点，一旦翻脸就成了互撕的工具。

最好的友谊，绝不是同流合污，而是高山流水——你由衷欣赏我的为人，我由衷仰慕你的人品。如果做不到，就停在彼此看上去很美的距离吧！

古人云："君子之交淡如水，小人之交甘若醴。"说的就是这个意思吧。

2. 不忍耐，不强求

有一次，我在一篇文章末尾请求大家帮我转发我微信公众号上的文章。

为我审核文章的美女编辑好心提醒我：你在公众号说这样的话，可能会引起一些人的反感。我回答她，不要紧。

我知道有些话是会引起一些人反感的。每当我推送一些颇具争议性的观点，或言辞过于犀利的时候，后台哗啦啦掉粉的数据已经清楚地告诉我，有些人在以离场的方式向我表达他们的反感。

我一直在寻找和尝试公众号的写作方向，所以，关注我的人会看到各种风格的文章，但我一直坚持的宗旨是：保持对自己内心的诚实。

我写的每个字，都是我当下真实的想法，那就是：如果我是个榴莲，我所做的尝试不过是想把自己变成榴莲班戟、榴莲千层或者榴莲酥……

我不会因为有人不喜欢榴莲就把自己伪装成苹果，哪怕喜欢苹果的人比榴莲多得多，哪怕榴莲的味道会让一些人深恶痛绝。

因为，倘若我为了迎合不喜欢我的人，而刻意去掉榴莲的特点，那样做的结果是，不仅会令我失去原本喜欢榴莲的人，也让我取悦不了喜欢苹果的人。

所以，当我在文章末尾表达希望大家替我转发文章的想法后，第二天我看那篇文章的转发数据，往往就会比较高。这说明了什么？

一个人表达真实的意愿，可能会引起一部分人反感，但却会换来更多人的支持。因为，更多的人其实是善良又被动的。至于那些会因为我的一句话而产生反感的人，也不是说他们不善良，只是想法和我不同罢了。

我知道，无论我有没有明确表达请大家帮我转发文章的意思，他们都不会给我转发的。即使他们在此处对我不反感，也将在别处反感。

这是我年近 30 岁时的领悟。

曾经，我把太多时间花在不喜欢自己的人身上。比如发一个帖子，有 99 个人说：我喜欢。可能我们在意的偏偏是那一个骂你的人——花时间试图去解释、去反驳，期望能扭转他的看法，却无意间忽略了、怠慢了真正喜欢你、对你好的那 99 个人。

比如，有人想离开，我们会误会这是自己的失败，会千方百计地想去挽留，而看不到身边真正肯定自己和对自己好的人。

过分重视不喜欢你的人的看法，过分轻视喜欢你的人的看法，是我们经常犯的错误。这样做会让我们很累，会永远吃力不讨好。

就像那个父子骑驴的故事。

从前，有对父子赶着一头驴进城去。路上有人笑话他们："真笨，为什么不骑驴进城呢？"于是，父亲让儿子骑上了驴。走了不长时间，又有人说："不孝的儿子，居然让父亲走路，自己骑驴。"

父亲赶紧让儿子下来，自己骑上驴。又走一会儿，有人说："这个父亲真狠心，居然让孩子走路，也不怕累着孩子。"父亲连忙让儿子也骑上驴，心想：这回总算满足所有人了。

但又有人说："两人都骑驴，还不把驴压死啊。"于是，父子俩又下来了，并且绑起驴的四条腿，用棍子抬着驴走。但他们在经过一座桥时，驴挣扎了一下，掉到河里淹死了。

有一天你会发现，原来在某些人眼里，你怎么做都是错的，你怎么改变都无法讨好他——你热情，他觉得你虚伪；你冷漠，他觉得你势利；你笑，说你假；你哭，说你烦；你最好去死，你死了——他都嫌你死的姿势不对。

就像一只榴莲，怎么长都臭不可闻，你要为它去改变自己的喜好的话，就会像上述故事的父子一样愚不可及。所以，我们要为自己是榴莲而难过、自卑、掩饰和改变吗？不，榴莲比苹果高贵得多，哪怕有很多人不喜欢。

因此，你又何必在意呢，何不去寻找那些天生就觉得你是香的人？

当我学会了顺势，我发现，要取悦本来就喜欢自己的人，容易和顺利多了。人生苦短，我没有时间再去关心和照顾那些不喜欢自己的人了。

3.别让"短视"害了你

不喜欢赞美，热衷于批评，是一部分中国人的通病。因为在我们的文化氛围里，讲好话（过于耿直）的会被过分打压，讲坏话（溜须拍马）的会被过分拔高。就像电视剧里演的忠臣，大多忠厚耿直；只有奸臣，才圆滑世故。

人们总以为，口蜜腹剑的是坏人，刀子嘴豆腐心的是好人——不会说话的人被歌颂，"桃李不言，下自成蹊"；不说好听的话的人被肯定，"良药苦口利于病，忠言逆耳利于行"。

我们在童年时极少被赞美，因为我们的大人大多笃信：赞美使人骄傲，批评使人进步。所以，为了我们好，我们经常挨骂。在这样的氛围里长大，我们也成为了一个"忠臣"，任何时候都直言敢谏。

于是，我们根深蒂固地相信，对一个人的关怀、帮助，需要用批评来表达。

于是，我们深信不疑地以为，说一些让别人不高兴的话，能体现一个人正直的品格。

于是，我们无可置疑地断定，那些甜言蜜语，必定来自老奸巨猾和别有用心之人。

久而久之，我们越来越善于批评，总是一眼就能发现别人的错误和不足，却往往忽略了别人的优点。即使发现了别人的优点，我们也会羞于启齿，不太好意思表达自己的欣赏；即使我们逐渐认识到，赞美别人是一种社交需要。

不过，在现实中，要你贸然开口去赞美一下不那么熟的领导或同事，还是很难。有时候话还没出口，自己先脸红了——我们怕自己一赞美别人，就会被当作别有用心的人，就会沦为爱拍马屁的虚伪小人。

分享一个在微信上看到的小故事：

董事长在黑板上做了四道题：2+2=4；4+4=8；8+8=16；9+9=20。员工纷纷说道："老板，最后一道题你算错了。"

董事长转过身来，慢慢地说道："是的，大家看得很清楚，这道题是算错了。可是我算对了前面三道，为什么没有人夸奖我，而只是看到了我算错的这一道呢？"

这正是人们的思维惯性所致，员工并不是没有看到做对的三道题，只是他们下意识地认为，提示错误是旁观者的义务，是对董事长最好、最有帮助的方式。

生活中的我们，不也是这样做的吗？

家人做了一桌好饭，我们品尝之后只说一句汤太咸了——却忘记去赞美那些做得很好吃的菜。

朋友打扮得漂漂亮亮的来见我们，我们皱眉头说，"你这双鞋子的颜色真难看"——却忽略了她的上衣、裤子、包包，搭配得很不错。

我们看到一篇很有趣的故事，看完之后，会无比冷静地在下面的评论里提醒作者——你这个故事有一个小漏洞。

因为朋友做错了一件事，我们与之反目，耿耿于怀地否定了他的全部——却忘记了他为人善良且忠诚，曾经为我们做过一百件好事。

我们的眼睛只关注别人做错的那一道题，却忽略了做对的三道题。这并不是我们存心想让别人不高兴，只是因为，我们也会像故事里的员工那样误会别人：只有诚实地提示错误才是为对方好，给对方帮助；只有提出逆耳忠言，才是我们为人的真诚和正直。

我们从来不曾认真地问过自己，对方是否需要这种好意和帮助？为什么明明自己也不喜欢被批评，却会偏执地相信，批评才是对别人最好的帮助？

想要成为一个擅长说话的人，首先需要学习的不是说话技巧，而是在心态上摒除对于说话的误解和偏见。对待别人真正公平的方式，不应该是仅批评别人的错——如果这样去想，你就会发现，去肯定别人并不是一件很难的事。

每当你想要指出别人的某一处错误时，请先找出他做对了的事。

4. 提高情商就这么简单

微信上有读者对我说：看了你的文章，觉得你是情商很高的人呢！

啊，这真是个天大的误会。

我是个文人嘛，而文人通常都是多心的。多心的人，因为轻易就能感知别人的弦外之音，很容易令自己不快——很多时候一触即发、一点即燃，就杠上了。要不然，你说我如此剽悍的文风从何而来？就是以前在网上和人家论战，练的呀！

知乎上曾经有这样一个问题：什么素质是读多少书都学不来的？

我会不假思索地回答：我认为是钝感。

钝感，真的是我这种敏感的人，一生可望而不可即的素质啊！

我举一个例子：有一段时间，我在看房子，接触了一个做房产中介的帅哥。他很聪明，就是太敏感了——我只不过问他一些关于行情的问题，比如房价会不会跌啊？楼上那套房子比你推荐的那套房子的户型更有性价比吧？他就有点被激怒了。

他不是不专业，但是会强行压制自己的情绪，努力让不悦不表露出来。但作为他的顾客，我也是敏感的人，所以他在压制自己情绪的时候，我还是感受到了。我会因为他对我不悦而感到不悦，也不想再和他多沟通。

有一天，看到他发了一段话在朋友圈：忍，就是把不该说的话吞下去。

我回复他：你很努力，虽然有意识让自己忍，可是你太敏感了，做销售太敏感的人是很辛苦的。只有那些钝感的人根本不需要经历"忍"这个过程，因为他们感觉不到需要忍的东西。

后来我遇到另一个房产中介小哥，他就比较钝感，无论别人问他什么问题，他都乐呵呵地回应。

钝感的人，不容易感知别人的对立情绪乃至敌意，所以不容易因为别人的语言和神色影响到自己的情绪，别人与他沟通的过程比较愉快，他自己也会比较愉快。对于做销售的人来说，这是一个很重要的性格优点。

怎么办？难道我们这些天性敏感的人，就注定要待在低情商的泥潭里无法自拔吗？

我看到一些写情商的文章，比如有一篇《情商高就是心里放着别人》，我觉得作者讲得很有道理。她说，情商就是要把别人放在心上，要关心别人，处处以人为先，比如点菜要点别人爱吃的，行事要迁就自己从而让别人方便、舒服……

其实，这些道理大家也不是不懂，但有人就是做不到——不是不知道怎么做，只是根本不愿意这么做。

处处为别人着想，处处以人为先，什么都要别人先舒服了，稍微有点自私的人就会想：这不是学雷锋吗？如果情商高是要把自己搞得这么累，让自己吃亏，那我要高情商干吗呢？

倒是一位网友的话，与我一拍即合：情商高，就是以最大善意解读对方的话。善意解读就是：过滤掉对方言语的恶意（很可能本身就没有恶意，是你自己误读），尽可能地放大对方的善意。

我认为，这是一个非常接地气的提高情商的途径。

比如，我在论坛上发了一篇文章，一片赞扬声中，难免会有人看我不顺眼，嗒嗒嗒地敲了几百字找碴儿、挑刺，把我从人品到文章贬个一文不值。

通常情况下，我也会敲上几百字：让他去死，让他生不如死。然而，当我开始愿意用善意解读他——

嗯，这个人勤劳地打几百字评价我，他为我付出了时间和力气，他自己也没得到实际好处，他的行为却提高了我文章的热度。而他批评我，实际上也不是因为真和我有仇——有些网友喜欢严苛地批评别人的不足，其实是出于内心深处对真善美的追求和正义感，也不失为赤子之心。

这样一想，我的心情就愉悦多了，也完全能够理解他了，于是能愉快地面对他的批评——我绝对不是装出来的啊！

如果没有首先扭转自己的内心，强迫自己忍，一边又在心里死命地腹诽对方，这种假情假意的高情商我是特别不赞成的。虽然好像不得罪别人，但是非常得罪自己啊，把想说的话硬吞下去——那种感觉，会把自己活生生憋出癌症来的！

因为我是从内心真正理解对方的善意的，所以，我会先对他的关注和批评表示感谢，然后指出他批评的某些方面是正确的，并且真诚地赞美和祝福他。

对方原本敌意四射、杀气腾腾，被我这么回复突然就愣住了，回过神来，也开始赞美和祝福我了。

那一刻，我充分地理解了"不战而屈人之兵"这句话的智慧和真意。

好吧，我们继续来解读。

"你这个包包太丑了，你这个人的品位太差了。"

在内心解读：这个人不惜得罪我也要对我说出真相，身边还是要有一些这样的朋友。

所以，你要回答："你对我是真诚的，也只有你一个人愿意这样对我讲真话，不然，我永远不知道这个包包丑啊！"

"你写的什么低俗文章？这就是你对写作的追求吗？"

在内心解读：虽然他直言不讳地批评我，但是对文字有高尚追求和审美的读者其实还是非常难得，并且值得尊敬。

所以，你要回答："不好意思，辜负你的期望了。也许我水平很一般，但是我会努力的，希望有一天写出来的文章能有幸被你喜欢。"

你这么一回答，对方反而觉得难堪，会反省自己的言语是否过于尖锐。

事实上，大多数人不会这么直接，他们通常都是很隐讳地鄙视你，或者根本没有鄙视你而是你自己误会了，这时候更需要善意地解读——思维方式一转换，突然之间好像不再受别人的言语影响，就能够愉快地和别人聊天了。

原来，做个敏感的人，也是可以提高情商的。

想起一个段位更高的朋友，她从来都是和前任和平分手的——即使是在对方劈腿的情况下，她也要一往情深地讲一讲孙燕姿所唱《开始懂了》的歌词：相信你只是怕伤害我，不是骗我。

朋友说："我不是要原谅他，我只是要让他内疚一辈子。"于是，她每位前任至今都对她鞍前马后的。

记住啦，不战而屈人之兵啊！

5. 把话题"抛"给对方

其实，我是一个很不会聊天的人。但我不会聊天的原因，不是因为我口才不好。

有的时候，可能是因为自以为口才太好了，聊天的时候常常一秒钟就能让对方炸起来。因为我太想要炫技了，总是第一时间精准地踩到对方的痛处，让对方很不开心——我当时还觉得很开心。

好几年前，一个饭局上，除了嫁出去但在其他方面惨不忍睹的八婆又开始当众对我居高临下扔炸弹："你看你看，怎么还不找对象，你再不找，马上就成老姑娘了！"

那段时间我被催婚催得快疯了，于是我抬起头，一本正经又郑重其事地叹了一口气："其实我不想这样的，只是在这件事情上，我我我，我是有阴影的……"

我楚楚可怜，似有难言之隐，这引起了大伙的关注。一桌人停下筷子，把目光转向我，期待我接下来会如何分解。

"我也想结婚啊，可是我好怕，我好怕结了婚要生孩子——我好怕生女儿会像你这样，遇人不淑，婚后连件像样的衣服都买不起；我好怕生儿子会像你老公那样，到现在还没找到工作，至今仍在啃老。我一想到这个呀，就不敢结婚了！"

对方顿时面红耳赤，无言以对，估计她很长时间内都不会有催别人结婚的勇气了。

我赢了吗？是啊，当时我真的以为我赢了——利用自己的职业优势，在文字游戏中见神杀神、见佛杀佛，所向披靡，我觉得真是愉快极了。

直到有一天，我在书上看到一个故事，让我对聊天这件事有了全新的认识。

故事的主人公，估计大家都知道，就是大名鼎鼎的成功学大师卡耐基：有一天，卡耐基要去见一个性格孤僻的小男孩。小男孩和卡耐基不熟，他们还存在巨大的年龄差，可以想象，二者之间根本不存在共同语言。

结果，那天卡耐基和小男孩愉快地聊了一个多小时，自此，小男孩视卡耐基为最好的朋友。

这位社交大师是如何做到与一个跟自己方方面面都完全不同的小男孩愉快地聊了一个多小时呢？原来，他在去见小男孩之前花了很多时间做功课：因为知道小男孩喜欢帆船，他特地去图书馆搜集了关于帆船方面的知识和话题。当他见到小男孩以后，就与小男孩谈论帆船的话题。

这个故事让我非常震动，因为我突然发现：会聊天，其实和口才好坏、和身高胖瘦一毛钱关系都没有。会聊天，甚至不需要你多么幽默，多么有思想。

会聊天，其实是一种慈悲心。像卡耐基这样一个大人物，他去见一个十几岁的小男孩，愿意花时间做那么多功课，去了解和学习对方的喜好。

也许，你会说这没什么呀，如果你知道明天就要去见马云，你也愿意花一个晚上的时间读他的几本传记，了解一下他的喜好，研究一下自己说什么会让他更喜欢你。

可是，重点在于，卡耐基明知道聊天对象是一个不重要的小孩子，是一个他取悦了并不会带给他任何实惠和好处的人，他也愿意令对方在与他聊天的过程中获得快乐——这是因为，他懂得聊天的真谛是一个"赠人玫瑰，手有余香"的过程。

会聊天，也是一种牺牲，必须牺牲掉自己真正想聊的话题，克制自己的表达欲，去迁就一个自己可能不感兴趣但是对方会喜欢的话题。

一个人愿意为自己的聊天对象贡献自己的时间和耳朵，牺牲自己的情绪去满足别人的情绪，这是一种以人为先的绅士风范。

聊天并不是比赛，也没有输赢。

聊天是一种给予，是带着温柔的慈悲心去给予一个人安慰与快乐。如果你怀着这样的聊天宗旨，聊天就会变得很简单。

自从知道聊天的真谛以后，我开始学习克制，不让自己频繁地跟别人死命抬杠了。比如，QQ 上八百年不聊的熟人突然冒出来问我："最近怎样？"换了以前，我会骂他："去死吧，你以为这么问，我会认为你是在关心我吗？你不过想从我这里收集一点不幸的小八卦，慰藉一下你乏味的人生好吗？"

现在，我也会自黑一些自己不高兴的事让他高兴高兴：啊，工作太忙，工资太少，每天干活干得天昏地暗，还经常被老板骂……

6. 我自善良，当有力量

朋友发来 QQ 消息："我离婚了。"

我一时不知该如何安慰她，便说："下班后我们一起去武汉广场，我请你吃香辣蟹。"

朋友所在的单位和我的单位仅隔一条街，下班之后，她走路过来，然后我们一起等公交车。我从来没有在下班高峰期坐过公交车，挤车时我紧紧抓住她的手，才费力地挤上车。

我于是感叹："武汉的公交车好挤啊！"

朋友说："这还不是最挤的时候，最挤的时候，人的脸和身体都会被挤得贴在车窗上，像一张邮票。"

说完，她还朝我做了一个被挤扁的动作。

"哈哈哈。"我忍不住大笑。

可是，我马上想起有什么不对劲，于是偷偷看了她一眼，发现她也在笑。她笑时嘴角牵强，神情无措……我知道，她是真的难过。

我没有刻意去安慰她，一句也没有，而只是陪她一起将大堆的螃蟹五马分尸。

那个秋夜，菊黄蟹肥，我们在食物里快意恩仇。

吃完饭后，我们两个人手拉着手，在沉默中走了很长很长的路。我们走过广场，走过车来车往，走过黄鹤楼旁的月亮。

走进人群熙熙攘攘的夜市，我们在一个摊子上发现了很漂亮的吊坠。我买了两个吊坠，把一个送给了她。然后，我们互相给对方戴上。

"你戴着真漂亮！""你也是，好漂亮！"我们彼此夸奖。

返回的路上，我开始和她说起我老家一位邻居的故事：

那是一个温柔的女子，因丈夫出轨而离婚。后来，她遇到了初中时的男同学，原来他还没结婚，那么多年一直都在暗恋着她。她离婚后，他开始不顾一切地追求她，然后两个人幸福地在一起了……

"有时候，一个人历尽感情的波折，就是为了成全另一个人。"我说。

她听了，眼神清亮地注视着我，认真地问道："真的吗？我以后也可以吗？"

那一刻，我肯定、坚定地回答她："是的，你可以。"

后来我回福建了，与这位朋友很久都没有再联系。

有一天，她突然从 QQ 里冒出来，像是特地为了告诉我故事的结局：她遇到了比前夫更优秀的男人，对她很好。她现在又结婚了，很幸福。她还说，谢谢我当时对她的安慰。

其实，我并不是一个情商很高的人，以前说话恣意又毒舌——要是有人对我说："我失恋了。"我一般会对他说："那你去死吧，死了就不会伤心了。"

所以，我愿意真诚地安慰那个朋友，是因为我真的关心她。

只有当一个人真的关心另一个人的时候，才会对她的痛苦感同身受，才会去体会她的处境，同情她的难过，认真思考要用怎样的态度和方式去安慰她，谨慎揣测要说怎样的话才能令她振作起来。

于是我发现，有时候你会不会说话这件事，其实和你的口才好不好并没有太大关系，和你的情商高不高也没有太大关系。

当你对你的谈话对象怀有一颗慈悲心的时候，你就会给予最温柔、最恰当的安慰。这是因为，你舍不得让她因为你在言语上的任何失误，感受到一点点儿的不开心。

可是，更多的时候，大家需要面对的可能是自己并不那么关心的人。面对我们不很在乎的人，我们要怎样通过语言，向对方做出更恰当的安慰呢？

我向大家推荐一种方法，它非常管用。那就是：当你听到别人问话的时候，不要急于用直觉去回答。你不妨想象一下，你就是对方，你才是说出这句话的人——你想一下，自己想得到怎样的回答？

当你站在对方的立场想这个问题的时候，你会更富有同情心，更懂得对方。

比如，有个客户对我说：西西，我下周要回福州，你要不要和我出来吃顿饭？

我内心的直觉是：我们有这么熟吗？这种小合作，有必要出来吃饭吗？

如果按照直觉，我就会这样回答：不好，我不喜欢跟陌生人吃饭。

然而，当我想象自己是说话的那个人，如果是我要去某个城市，一番热情想约某个朋友，结果却遭遇对方的冷漠脸，如果对方也跟我说"我并不想和你吃饭"，我会感到多尴尬和难过呢。

于是，我换了一种我觉得对方能更好地接受的回答：最近刚好时间不巧，我正在忙于某事，下回我请你吧。

如果再有朋友对我说她失恋了，我不会那么简单、粗暴、任性地回答了——我会停下来好好想一下：自己失恋的时候，是一种怎样的心情，需要被怎样对待，想得到别人怎样的安慰？

是我开始变得虚伪了吗？不。我只是开始意识到，我真不应该将连自己也不想听的话说出来，给一个对自己并没有恶意的人听。

当你试着去理解对方的处境，对方的情绪，比如喜悦、愤怒；当你在谈话中能够做到富有同情心、设身处地，能够顾及别人的情绪和感受，你说的话就会越来越委婉动人——因为真正的会说话，源于聪明的善良。

7. 学会好好说话

一个叫皙皙的网友问我："朋友说我说话不温柔，我怎样才能成为一个说话温柔的人呢？"

我当时回答她："你可以模仿韩剧、日剧里温柔的女主角的说话方式，不过，我觉得不需要太刻意伪装和扭曲自己的个性，那样做会很累。"

我也是个说话不温柔的人，平时用的是直率又任性的说话方式，想怎么说就怎么说。当然，也有人愿意和说话不温柔的我聊天。

因为这世界上有人喜欢温柔、委婉的语言，就有人喜欢简单、直接，不拐弯抹角的语言；所以，我们不需要为某一个人的意见去东施效颦，故意做什么改变。

然而，在说话上，仍然有一些值得我们去认识和执行的通用法则。做一个说话温柔的人，不仅仅要表现在语气、神情、措辞上，更要表现在话题的选择上。

在这里，我总结了一些观点，我们一起来学习吧。

一、和朋友聊天像扫雷，要努力回避对方的雷区

我虽然毒舌，但是有一种话我从来不会说，就是那些真正会伤及对方自尊心的话。

比如，有一个朋友，她结婚好几年了，却没有生孩子。大家每次聚会时，每当听到有人催她抓紧时间造人之类的话题，看到她不想回答又不得不强颜欢笑的样子，我都会非常不安，因为我感觉这个话题会伤害到她。

估计是这个原因，她以后很少来参加聚会了。

前一段时间，我们又聚会，知道她要来，我特地交代一起去的同伴：拜托你们，不要在她面前再提生孩子的事了。

结果，吃饭的时候，还是有人问她："你打算什么时候生孩子？"

我不知道这种喜欢"哪壶不开提哪壶"的说话风格，到底是蠢还是故意使坏。其实，我们每个人都有一些永远不想被别人触及的话题——你想想，如果别人总说伤你自尊心的话，你会是什么样的感受呢？

如果你胖，你想不想听到别人天天问你："咋不减肥呢？"如果你丑，你要不要听别人整天问你："干吗不整容呢？"每个人都有弱点，将心比心，我们要对别人的弱点有悲悯之心。

和朋友聊天的时候，涉及对方自身状况和经历的话题，要特别注意。

比如，我从来不会问一个男人的工资，不会问一个胖子的体重，不会问一个大龄青年有没有对象。除非他们自己主动而愉快地提起，才表示这个"雷"已经扫掉了，否则永远不去碰这个话题。

这些话题还包括对方的年龄、身高、收入、学历、职业、公司状况、父母、孩子等私人话题，在聊天的时候要特别小心，如果对方不主动说，就不要问。

如果看到对方被别人问到这类问题时，只要他表现出不想回答或勉强的样子，你就要知道这里有"雷"，以后要远远地绕开这个"雷区"。

是的，说话温柔就是要学会了解对方不想聊什么，就不去聊什么。

二、不要轻易去指导和关心别人

这也是我会犯的毛病。有时候，你纯属好心地帮助对方，对别人来说却是一种冒犯。不要好为人师，大家能理解，但是，为什么不能轻易关心别人呢？

我之前在一篇文章里提过，关心，大多数时候是由上而下，由强对弱的，是一种居高临下的姿势。

比如，你想关心别人的进步，自己虽不是功成名就，也要事业有成吧；你想关心别人的学习，自己不好意思不学无术吧；

你想关心别人的幸福，自己应该家庭美满吧。

所以，你关心别人的时候，已经是在提醒对方：在某方面，你不行，而我比你强。

如果你们关系很好，或者你真的比他强很多，那还好。但是，如果你自己明明也不咋样，还来强行关心和指点别人的人生，对方的心里会是很不高兴的：你还来关心我？就你，我觉得我比你还强呢！

有一次，朋友说："我最近晒黑了。"

听后，我就认真地说："你要擦防晒霜啊！你是不是防晒霜用得不够多？一定要记得天天擦。"

结果，冷不防朋友就不高兴了。当时我不太理解：我这不是关心你吗？

有一天，有人也这么强行关心我，长篇累牍地试图说服我：你应该改善某些方面的做法，这样对你会更好……

我听了，心里有些不高兴，因为他的意思是：我这方面很糟，需要被关心。但我却只能耐着性子对他说：这些道理我都知道，我之所以这样做，是因为这样更舒服。

于是，我终于理解了，那位被我关心的朋友当时之所以不高兴，一定是因为她觉得我是在"暗指"她皮肤太黑，或者保养做得不好。

后来，无论别人在朋友圈抱怨什么，只要他们不是主动来跟我寻找安慰，我顶多只发个拥抱的表情，不敢有多余的关心。

不要随便去指导和关心别人，特别是在面对弱对强的情况下。如果你们是平等关系，或者你真比对方强，也要少关心对方，除非那个人让你不惜冒犯他。

三、不要总是将你的好消息告诉朋友

不要总是将你的好消息告诉朋友，特别是在人无我有的情况下，除非你很确定，对方会因为你的好消息而高兴。否则，你升职、加薪、中奖的各种好消息，对方听到了，可能并不会像你想象中那么高兴。

比如，有个女作者说，她找了一份很好的工作，然后把这个好消息告诉了她的朋友，结果对方表现得很生气。后来，她的一位朋友找了很优秀的男朋友，并且特地把这个好消息告诉了她，而作为剩女的她，反应也是非常不开心。

有些朋友就是这样。她们也不是不喜欢你，比如当她们听到你过得不好的时候，也会主动伸出援手，同情你，帮助你。但是，当她们知道你过得比她们好的时候，却不会那么高兴。

同性好友之间，是相爱相杀的。如果两个人的水准差不多，就会发生一边彼此欣赏，一边互相竞争的状况。

所以，当你知道对方没有房子，就不要告诉她你买了第三套房子；你知道她没有男朋友，就不要告诉她你有多受欢迎；她一个名牌包包都没有，你就不要告诉她你已经买了三个……

忍住不去告诉别人一个好消息，要比忍住不去告诉别人一个坏消息更难，那就至少克制自己少说一些好消息，或者说一个好消息的时候也搭配一个坏消息，这样就会显得你不那么讨厌。

我觉得，这就是温柔的说话吧。

8. 别输在"懒于说话"上

我有"电话恐惧症",从电话铃响起的瞬间开始,我就会莫明地焦虑。

虽然我会掩饰这种焦虑情绪,但是接电话的时候,潜意识里就会产生这样的想法:拜托,快点把事情说完,好让我挂掉电话。

这个想法,必定会通过态度、语气、措辞传导给对方。所以,我是个电话聊天杀手,即使很会聊天的人都能被我逼至冷场。

唯一的一次例外是,朋友介绍了一位新朋友给我认识,这位新朋友第一次打电话给我,我们居然在电话里愉快地聊了一个小时。

熟悉以后,我忍不住问他:"我想你一定是掌握了某种聊天技巧。与初识的人聊天,如何保持良好的聊天氛围和节奏呢?"

结果,他很坦诚地告诉我:"打电话给你之前,我是做好了功课的。我事先画了一张树形图,准备了你可能感兴趣的话题,然后再设想我提出每个问题后,你可能会给出哪几种回答。根据预想,我会再去想下一步要说什么……"

我大吃一惊,连忙问:"万一我的回答不是你设想的那几种，你进一步会怎么说？"

"这种情况肯定会出现，但重点不在于我要不要把事先设计好的话题说完，重要的是，双方能保持愉快的聊天节奏。如果你的话题不是我设想的，但是聊天氛围很好，也就不重要了。如果聊天陷入冷场，我就会见机行事，随时把聊天内容带回到原先计划好的话题里。"

我哇的惊叹了一声，又问："你计划好的话题里，通常会有哪些内容？"

"特别的开场白。事先准备好几个可以深聊的话题，如果察觉对方不感兴趣，马上换备用话题。隔几分钟要讲一个段子，还有，如何完美地结束聊天。"

我突然想起来，怪不得我觉得他每次说段子时会那么自然、有趣、恰到好处，原来，这些是事先"彩排"好的。

看到这里，有人可能要嗤之以鼻：这不就是套路吗？

我想说的是：有时候，套路也是一种付出。所有不用套路的人，并不完全是因为真诚，很可能是因为懒。

所谓口才不好，不会聊天的人，其实无关天分，全是因为懒——他们懒得学习，懒得思考，懒得准备话题，懒得照顾聊天对象的感受。

当然，也有许多人想让口才变好，但是大多数人弄错了努力的方向。

每个人只想走捷径，以为多看几篇文章，掌握一些秘诀，比如去研究一下乔布斯的演讲技巧，就能像乔布斯一样拥有好口才——不不不，乔布斯之所以很会演讲的秘密只有一个：他比我们勤奋太多。

有一次，乔布斯要准备苹果公司的演讲，他的合伙人来看他。因为合伙人一直听别人说他是个工作狂，就想看一看他会不会把演讲稿练习一百次。

结果，那几天里，乔布斯都在练习演讲稿，足足练了三百次，每一次都会修正细节。

是的，我们的口才和乔布斯之间的差距，是千千万万个三百次。

有时候，要学好聊天技巧，并不像想象中的那么难，只要你足够重视，再付出足够的努力就可以了。

如果每次能在聊天之前做好足够的准备，且将这样的聊天准备练习一百次，你的沟通水平一定会有质的飞跃。到后来你就会发现，自己不用事先做那么多准备也能游刃有余了。

9. 人人都有表达欲

有个网友找我聊天，他第一次私信我，发了七百多字，内容包括他对我的一篇文章的看法，他喜欢的女生，他的喜好和计划。

我就其中的一个问题说了一两句，结果，他又啪啪啪地打了几千字过来，包括他成长的经历，他在心理学方面的见解，还有他与两个女生交往的过程。

他最后问我："不知道为什么，我每次加了女生微信，聊一段时间后，她们最后都会删除我。"

我忍不住想告诉他："你最大的问题，就是话太多。"

有一些人自恃见识广、口才好，或者太急于展示自己的才华和令对方接纳自己，就会忍不住犯"话太多"的毛病，不管不顾地说一大通。

人们有时候会误以为，只要我们把自己的一切毫无保留地告诉对方，对方就能与你快速地建立起某种联系。

然而，大家却没有想过，对于一个初识的人来说，你的经历，其实对方并不会觉得有想象中那么有趣——你的内心世界，对一个陌生人而言，也不会有多么动人。

当对方还没有决定要不要和你做朋友时，你就迫不及待地剖开自己，这种态度其实很吓人。抛开交情深浅的问题不谈，一个人老是不停地说，完全不给聊天对象说话的机会，是一种不太会聊天的行为。

这就好像 KTV 里的麦霸，总是独自霸占麦克风。我们知道，不管自己的歌声有多动人，也不能总是抢麦唱，而要适当地压抑自己的表现欲——我们有听别人唱歌、为别人喝彩的义务。

聊天也是这个道理。有时候，会听比会说更重要。

会说，你觉得你说得过像郭德纲这样的人吗？也许你只是

在自嗨，对方也很可能只是在礼貌性地捧你的场。会听，则是一种服务，是在帮助聊天对象寻找他的 G 点。

可能有的人会说："本来我就是主动方，如果我还不去多找话题来说，还不努力多说点，就会冷场。"

在这种情况下，我们要适时地给对方"递话"，引导对方说出他想说的话。

举个例子，比如，对方说："我上次发现，华林路有一家很好的餐厅。"

结果，你这样回答："福州好吃的餐厅很多啊，比如通湖路的那家……"

不好意思，你这就算是"抢麦"了。也许，你很想借这个机会展示你的博识，但是，对方想向你描述一下那家餐厅的机会却被你无情地抢走了。你说，对方会高兴吗？

所以，正确的回答应该是："是吗？快说说，它怎么好了？"这样就会鼓励对方把她想说的话说完。

而当对方不主动提出任何一个话题时，如何把"麦"递过去呢？这就需要你去猜测，对方会比较愿意谈论哪些话题。因为现在有朋友圈，所以让这件事变得非常方便。

比如，如果对方刚晒了一些去迪拜游玩的照片，一定不会拒绝和你聊聊旅行的一些趣事；如果对方刚晒了一只新包包的照片，一定不会拒绝和你聊聊选包的经验……

有一天，我加了一个新朋友，看了一下她的朋友圈，然后就问她："为什么你能把照片拍得那么文艺、清新？"

于是，她认真地向我介绍了一款很小众的拍照软件，并指导我如何使用它。我马上下载了这款软件，经过试用后发现它果然很棒。过后，我很高兴，她也很满足。

一场愉快的聊天，双方应该都有相对均衡的表现机会。

如果你总是"抢麦"，把聊天变成你一个人的"脱口秀"，对方肯定就不爱跟你聊了。聊天的乐趣在于互动，你讲得再好，讲得过说评书和相声的人吗？如果对方光是为了听别人说，人家还不如直接去听电台呢。

无论是在KTV唱歌，还是家常聊天，或是在聚会上，一个人都不能只管自己爽了，还要学会照顾别人的情绪。从某种程度上讲，你要有奉献和服务的精神。

当然，这项只适用于初识的朋友。交情深的人可以排除在外，因为你们已建立起彼此熟悉的聊天模式，比如有些朋友在一起就喜欢一个做逗哏，一个做捧哏。

10. 批评是一种善意的关怀

在做出批评之前，我们首先要明白一点：批评的本质是一种善意的关怀，是为了帮助对方改善、进步，让彼此能和谐相处、合作愉快而做出的真诚表达。

只有认识到这一点，才能帮助你学会如何恰当又温和地批评别人。

对于那些我们真正讨厌的人，反而是不能轻易去批评的，因为谁也没有义务去教育人。

有段时间，朋友在做《新生活》的编辑，那段时间，我给她写了不少稿件。某天，我投了一篇刚刚写好的文章给她。她看完之后，用那种发现新大陆一般又惊又喜的语气喊道："天哪，鲁西西，这篇文章真的是你写的吗？"

我被她这么一问，便想当然地以为她又要表扬我，就充满期待地问："怎么？是不是写得太好了？"

她也真的是在表扬我："是。这一次你写的文章，错别字居然这么少，简直不像你写的！"

我的文章常常会出现错别字，但奇怪的是，我给那么多杂志投稿，从来没有被一个编辑指出来过，唯独这一次是个例外。

我被她这么一说，大笑一声，连忙回头检查自己的原稿，的确发现错字连篇。从那以后，我才意识到自己的问题。虽然我依旧无法避免粗心大意的毛病，还是写错别字，但是至少每次写完文章我都会检查一遍，尽量给编辑减少麻烦。

编辑用善意的"批评"点醒了我，让我愉快地意识到了自己的不足。这种批评方式，既机智又巧妙。

当朋友有一项显著的缺点，我们很想提醒他，又担心会让他不高兴的时候，就可以试着这样对他说：

"你今天表现得太好了，终于没有迟到！"

"这道菜你做得太棒了，盐放得比以前少多了。"

"你今天的妆容，看起来比平时干净。"

相反，不能这样简单粗暴地说：

"你这个人怎么总是迟到。"

"你做菜老是放这么多盐。"

"你的妆容一直很邋遢。"

虽然这些话传达了同样的意思，但前者更容易让人接受。

蒋晓云在小说《掉伞天》里讲述了这样一个故事：有一对小夫妻，丈夫嫌妻子把牛肉做得太老，妻子一怒之下把牛肉倒掉了。于是，两口子你一言我一语，开始吵起架来。然后，战火升级，妻子砸盆摔碗，一发不可收拾。

紧要关头，丈夫先放下争端，站在盛怒的妻子跟前，低头做祷告状：感谢我贤惠的妻，赐给我丰盛的晚饭，除了买菜、洗菜、切菜、做饭、洗碗之外，一概都不用我操心……

前一秒还一脸杀气的妻子，闻言顿时忍俊不禁。

其实，丈夫的意思是：你也就做了顿晚饭，大部分活都是我干的！但如果直接这样说的话，两人肯定还会吵下去。好就好在，丈夫用幽默、温和的话语既申诉了自己的辛苦，又让妻子瞬间消气了。

在工作中，我也会碰到不愉快的事。比如，负责业务的同事总是站在客户利益的角度，一直与我讨价还价。有时候纠缠得时间长了，我会很不高兴，于是很想问问他们：你们到底是不是客户派来的"卧底"？

但是，有时候我们产生了分歧，只是因为每个人选择的角度不同，并不是谁对谁错。

所以，在提出批评之前，我会学着站在对方的角度替对方开脱一下："嗯，我知道这个客户实在很难搞定，难为你要天天面对他，如果是我，肯定已经疯掉了。不过，我们还是要保持底线，坚持原则，不能让他得寸进尺……"

就这样，我会把批评的枪口稍微偏移一厘米，不直接对准同事。因为你将心比心地去想一想，就会明白大家都不容易。

还有，发生争执的时候，大家通常会直接指出对方的缺点。比如，你说我粗心大意、情商低，我说你冷漠又自私，大家越说会越生气。

我们可以换一种句式，比如："你这个人，粗心大意得像爱因斯坦一样……""你这个人，情商低得像乔布斯一样。""你这个人，冷漠、自私得像毕加索一样。"

你这样说，对方会不会生气呢？你把他与伟大的爱因斯坦、乔布斯、毕加索放在一起比较，他肯定来不及考虑到底该生气，还是该高兴。

而在这样奇怪的类比句中，你会逐渐意识到，即使是名人和伟人，也无法避免性格、人品、生活习惯上的缺点。所以，你为什么会要求一个凡人没有缺点呢？

改变世界的，从来不是十全十美的人。再多的缺点，也掩盖不了爱因斯坦、毕加索、乔布斯身上的光芒——这些了不起的人物，不是没有缺点，而是将自身的某项优点发挥到了极致。

所以，你认为一个人有必要改掉所有的缺点，变成一个完美的人吗？绝对没有必要。

我们学习如何批评别人，最重要的不是学会怎样有技巧地批评对方，而是对别人不影响大局和原则的缺点学会包容。

11. 看到这个原因，再也不敢抱怨了

那时，我的 QQ 好友里有位美女作家，因为写作，我们偶尔有一些交集。她对我很客气，但那种客气里透着明显的距离感和高冷。

有一天我上 QQ，她突然一反常态，热情地问我："亲爱的，好久不见了，最近还好吗？我一直想问候你，却不敢轻易给你留言，怕打扰到你的写作……"

她超低姿态的寒暄，令我当时有点蒙，但还是很高兴地回复了她。

她很快话锋一转："我上次在杂志的封面上看到你的照片，拍得好有气质。我这里有一对银镯子，非常配你照片上的那件毛衣，你留个地址，我给你寄过去，千万不要拒绝我噢！"

这时候，我才意识到不对劲："什么？我的照片没有上杂志，你是不是认错人了？"

马上没了动静，估计她去查看聊天记录，然后，她的热情也骤降下来："原来是我搞错了，我把你误会成安妮宝贝了，你今天的 QQ 名、头像和她一模一样。"

原来，我那天刚好把 QQ 网名改成 BABY，头像换成一个梳冲天炮发型的小孩子。这个无心之举，却不小心和安妮宝贝撞了"脸"，产生了这么个大乌龙。

这个误会，令我意识到一件事：我和一个成功的作家，所感受到的同一个世界，即使是对同一个对象的观点一致，她对我们两个人的态度也是截然不同的。

后来，我把这次经历讲给一位大学生听了，因为他在向我抱怨：这个世界不是他想象的样子。

我对他说："世界是什么样子，某种程度上取决于你自身的状况。如果你觉得世界不够好，那就去改变自己；当你变得足够好的时候，你面对的世界，会因为你的好而改变。"

用这个逻辑分析一下，就非常好理解为什么在同一个话题下，大家会产生那么大的分歧。因为，每个人都在认真描述他所经历和感受到的世界。

就像同一辆汽车，有人说，这汽车很贵；有人说，这汽车很便宜。其实，他们都没有说错，他们只是出于自身的经济水平对汽车进行的判断不同而已。

一个人看待问题的方式，根本无法脱离他自身的状况，比如环境、经历、见识等。所以，我们要了解一个人，只需要看他对外界的看法就行了。

比如，两位新同事在讨论一位老同事，其中一个人说 MM 姐很高冷，另一个人说 MM 姐很友善——好了，你们不用再说了，我已经知道 MM 姐对你们两个人的看法了。因为，人和人之间的看法基本是"信息对称"的。

一个人老是说，他的老板对他有多苛刻——这是不是也从侧面反映出他的工作能力不行？做老板的肯定不傻，我不相信，你够好，他会对你不好；不然，就是因为你没什么利用价值。

经常有作者抱怨说发稿太难，因为编辑总喜欢用熟人的文章。其实，编辑这也是在向写作新手暗示：你们的写作水平不怎么样。

当一个人总觉得他遇到的都是冷漠的陌生人，甚至觉得满世界都是坏人时，不外乎两个原因：一是他颜值太低；二是他情商太低——自身的不足，导致他不容易获得友善。

喜欢讲相亲对象是极品的人，其实意味着他也是极品。因为介绍人大多粗略评估过双方的水准，才会把他认为"配"的两个人拉到一起。

所以，你的经济基础、颜值、智商、情商、能力、才华等一切状况，正在与这个世界互为影响着。

你说世界很糟糕，那是因为你很 low。一个总吐槽全世界的人不值得打交道，而总是表达负面情绪的人，他在现实中的处境肯定不会有多好。

所以，有时候我们不抱怨，是为了掩饰自己吗？

不，是为自己藏拙。

12. 我们是怎样把天聊"死"的

亦舒说，她的朋友高宝树在路上偶遇一个熟人，跟对方客气道："有空来坐坐，不过我家地方狭窄，请不要见怪……"

这种讲法只是中国人的习惯，因为我们喜欢把自己的东西形容得低微卑贱，以示谦逊。例如，有些人管自己的房子叫"寒舍"，老婆叫"拙荆"，孩子叫"犬子"……就算住的是豪宅，也不会说："我家房子又大又豪华，你有空来坐坐。"

但是，高女士万万没想到，那个熟人竟然当真了，她当即开始关心高女士的居所："小？有多少平方米？现在有一些便宜的大房子，你可以去供一层的。"

高女士闻言，差点没晕倒。

有时候，我们把天聊"死"的原因是，两个人思想的维度完全不在一条线上，从而导致了鸡同鸭讲。

我也遇到过这种情况。有一次，有人问我的兴趣爱好是什么，我回答："看书。"他连忙说："我年轻的时候也热爱文学，我最喜欢的就是鲁迅了，我还记得他写的《背影》……"

听了这番话，我当时很是尴尬，连忙将话题转移到其他地方去了。

还有，我认识一个网友，他明明是个小职员，可是他每次在写文章或者和别人交谈的时候，提起他也算是比较普通的老婆，言必称"我夫人"。

每次，看他"我夫人长""我夫人短"的，我都好想对他说："拜托，别这样叫好吗？听着怪硌硬的。"

一个普通人把老婆称为夫人，给人的感觉就像是对旁人说：你来我的豪宅坐坐，尝尝我夫人做的盛宴……这样，太不谦虚了！

所以，我们有空还是要多读书。读书，虽然未必会让自己变得巧舌如簧、妙语连珠，至少不会让自己在言谈中出丑，闹太大的笑话。

有一次，我去一位朋友那里做客，碰到一个爱嘚瑟的女人。其间，她问大家："我有一个堂妹没找到对象，大家有没有合适的男青年可以介绍给她？"

我便接过话题："我认识一个适龄男青年，是本地人。"

她兴致勃勃地问："本地人，有房吗？有几套？"

我回答："两套吧。"

然后，她露出不屑的表情："才两套呀，这么少！我认识一个男人，家里有三栋别墅呢。"

我有点无语，只能说："那很好啊！"

我当下心想：既然你认识有三栋别墅的男人，就去给你的堂妹介绍呗，干吗还叫大家介绍呢？

过了一会儿，大家聊起别的话题。

　　然后，我很快发现，不管别人说起什么，这个女人马上就会大说一通。例如，有人说某单位福利很好，她就说："我认识的某某某，人家单位的福利那才叫好，上次过春节时……"然后，她就会长篇大论地说分了什么东西。

　　甚至，有人称赞主人做的鱼不错的时候，她也有话要讲："你们没吃过我老公做的鱼，比这好吃十倍……"

　　这个女人，说话犯了一个毛病：太爱逞强，说什么都想要赢别人。而且，她还不是用自己，而是拿她的亲朋好友，甚至关系远到只是认识的人来压你。

　　这样说话，次数一多，估计别人就不想和她聊任何话题了。

　　我们永远要记住，聊天不是为了赢——要放弃这种方式所带来的无谓而虚幻的快乐。有时候，在聊天中不妨稍微认输和示弱——甘拜下风，我们才有机会获得真正意义上的赢。

　　还有一些人，别人和她聊不下去的原因，不是因为她没有文化、见识短；而是她聊天的时候只关注自己，不管别人在聊什么话题，她最终都能扯到自己的生活琐事上。

　　例如，有人问：附近有什么好吃的餐馆？

　　本来这是一个很好的话题，结果她马上又扯到自己身上："好吃的太多了。我老公昨天晚上给我买了酱猪手，我早都说了，我这么胖叫他不要再买这样的食物，他非要买，还说我不胖……"

　　你这样讲话，叫别人怎么接话茬？巴巴地是让别人夸你："你确实很苗条。"

然后，她聊兴愈增："哎呀，怎么不胖了，你看我这胳膊上的肉，你看我这腰上的肉。"边说还边撩衣服给你看。

她就这样兴高采烈、手舞足蹈，不停地向所有人展示着自己的生活细节，不放过任何鸡毛蒜皮的事。

如果她遇到关系好的朋友，讲一点生活细节也不是不可以。但遇到一群关系不亲密的人，还执意把自己的琐事说个没完，别人听了，估计要打哈欠了：你都做了一整晚的女主角，还霸着舞台不放呢！

有时候，我们并不需要学会多少聊天技巧，也不需要懂得多少话题——你只要多关心一下别人，对别人说的话表现出一定的兴趣、共鸣，你就已经是一个不错的聊天对象了。

13. 不疯狂不成活

今天是端午节，微信消息提示音取代了短信提示音，在手机上此起彼伏。

我不知道大家是如何处理微信上收到的群发祝福的，我一贯的方式是对群发消息不回复。因为我不确定，这条消息到底是不是发给我的，我的回应会不会显得自作多情。

还有，我还带着一种侥幸心理：群发的信息，一定有很多人会回复，我一个人不回复，也不会被发现吧？

掩耳盗铃的做法，呵呵！

每个人第一次知道微信有群发功能，都是因为收到那条测试好友是否删除你的消息吧？

这个功能我从来没有使用过。虽然我是个好奇心很强的人，可是我不想知道有没有人删除我，删除我的人都是谁，以及他们在微信上删除我的原因。

我觉得使用这个功能去测试有没有人删除自己，难免会令人失望。没有测出来，会对这个动作失望。测出来的话，又要对朋友失望。何必自寻烦恼呢？

有些事是不需要知道的好，因为知道了对你的人生、你的心情根本毫无助益。为什么要知道对方怎么看待你，为什么要知道你在对方心目中的位置——他又不是你告白的对象。

有一天，有位朋友在朋友圈问：如果发现别人把你屏蔽了，你会怎么做？

我回答：无所谓。

我屏不屏蔽别人，不取决于他要不要看我，而取决于我要不要看他。他不想看我，自然有不想看我的理由；他不想让我看，自然有不想让我看的原因。我不需要知道。

我对屏蔽这件事持开放的态度，我不会因为被屏蔽或删除了，就觉得自己的人格受到了侮辱。

对我而言，朋友圈就是一个通信工具。如果你不介意别人的手机通信录里有没有存你的名字，你为什么要介意你有没有在对方的朋友圈呢？只要你们有联系的理由，又何必拘泥于形式？

后来，我发现很多人根本不是这样想的。一个朋友对我说，她的朋友愤愤不平地质问过她：我们关系这么好，你为什么不给我的朋友圈点赞？为什么不给我回复？

我才发现有人以点赞和回复频率来衡量彼此的关系，会因为一条信息无人理会而影响心情。

还有一个做微商的朋友对我说，做微商好寂寞啊，因为发那么多信息，从来没有一条回复和一个赞。听完之后，我好想发明个点赞机，可以一键安抚所有在朋友圈里寂寞等赞的人。

于是，当有时间的时候，我会刷一下朋友圈并且一赞到底。如果一个赞就能让大家得到快乐和安慰，真的不过是举手之劳。结果有好几次，我赞错了——人家明明在说一件悲伤的事，我给了不合时宜的赞，就好像在幸灾乐祸。

当我的朋友圈人数超过 500 人后，我放弃了每天刷朋友圈的习惯。于是，我在朋友圈发了一条通告信息：朋友圈人数众多，每天刷不完的海量信息，无法一一点赞、评论、祝福，招呼不周，请各位见谅。

这是为避免没有被我赞过和评论的朋友诸多猜测，怀疑我屏蔽他或鄙视他。真不是啊——事实上，每天照顾诸位友人发的一条信息，要考虑没话找话说点什么是一件非常烧脑的事啊！

我非常愿意相信，你们不回复我的原因：1. 因为忙；2. 刷漏了，没看到；3. 对本条信息不知道应该说什么好；4. 好吧，就算真的只是觉得我对你不重要，也没关系啊！

14. "劝合不劝分"的沟通法

我曾经一厢情愿地以为，如果好友碰到渣男，作为好朋友理应仗义执言、当头棒喝，让对方在盲目的爱情里迷途知返。

N 年前，我有一个闺密，关系好到同一个碗里吃饭，同一张床上睡觉。直到有一天，她找了个男朋友，情况才有所改变。

她的男朋友是个渣男，关于他的种种劣迹，都是她亲口告诉我的。比如，男朋友和她在一起的时候，毫不隐瞒自己正立志傍上富婆，而且某段时间还真让他傍到了一个。

这渣男傍到富婆的那一刻，就得意忘形地对女友说："亲爱的，我还是很爱你的，但是为了钱暂时需要跟另一个女人在一起，你先委屈一下，等我骗到钱，再回来和你在一起。"

女友就这样被渣男甩了，哭着把分手的过程告诉我。我理所当然地和女友同仇敌忾，一起痛骂渣男。

令我大跌眼镜的是，不到一个月，女友又和渣男复合了。因为富婆也只不过是与渣男逢场作戏，不久他就被富婆甩了，于是回来找女友。

女友居然不假思索地重回这个渣男的怀抱，这让我无比气愤。尔后，每一天我都哀其不幸、怒其不争地劝她分手：好马不吃回头草，何况他这种大坏草。你不要再和他在一起，这个伤害过你一次的人，一定会伤害你第二次……

我的道理讲了一大箩筐，她只是唯唯诺诺。

结果，女友一回头就将我说的话向渣男一一复述。女友并无恶意，可能她只不过想向渣男表忠心：哪怕万人阻挡，我对你的爱也永不投降。

我的苦口婆心，根本没有令女友醒悟，反而得罪了渣男（虽然我也不会在意），导致他跑来对我说：如果我们俩分手，就是你搞的鬼。

于是，我成了猪八戒照镜子——里外不是人。

两年后，他们最终还是分手了。女友伤痕累累地来到我这里，告诉我，渣男后来有多渣。

是的，那是多么痛的醒悟，但那也必须是她自己选择要醒啊！

你永远无法叫醒一个装睡的人。当一个女孩子选择和一个渣男在一起，她了解的他肯定比你多，她也未必没有对将来的伤害有所预料，然而她看到他所有的坏，仍要选择和他在一起。

这只有两种原因。

一种是她在爱河里双足深陷，她的理智克服不了情感——明知是一个不该爱的人，却情愿飞蛾扑火。

如果她自己无法改变和说服自己，那么你劝也劝不了，你不用妄想自己能凭三寸不烂之舌改变和说服她——就像你无法阻挡一只正在扑火的飞蛾。

另一种是，她明明知道他是渣男，可是她有虐恋情结，甚至就是个精神上的受虐者：她就爱付出，就爱当圣母，就爱在刀锋上跳舞，且愈痛愈快乐。

那么，你有什么好劝的，甲之蜜糖，乙之砒霜。对她来讲，你所有的忠告不过是妨碍她享受做一个悲情戏的女主角而已。

对于第一种，作为朋友的你只能默默等她自己省悟，在她下一次受伤的时候，再听她哭诉，再陪她同仇敌忾。

而对于第二种，那要恭喜她找到最适合自己的人啰。渣男配贱女，天生一对，只要他俩不分手，便是为民除害。

如果一个女孩自愿与一个渣男长相厮守，无论你俩关系有多亲密，千万别急着发表意见——即使在你眼中，他有多坏多不堪，可她乐意和他在一起啊！

这也只能说明，他一定有别人给不了她的，也是你看不到的东西。

有句俗话叫"劝和不劝分"，其中真的蕴藏着很深刻的人生智慧。其中的"不劝分"，说的并不是恋爱的当事人就不能分手或是勉强在一起就真的很好，而是分手不是一件由一个旁观者去参与的事。

有这样一句感慨的话：听过很多道理，依然过不好这一生。即使讲了很多人生理论，也很难令一个坠入深渊的人，用最正确的方式去面对。那么，随他们去吧。

15. 自私心理：强人所难不可取

你有没有遇到过这样的情况：半夜三更，一个朋友突然打来电话，语气急切地要求你立即赶往某个场所。

不管那一刻你是不是在加班，还是感冒了正咳嗽，或者已经上床睡觉，你都无法拒绝这样突如其来的邀请，因为你有一千个不去的理由，对方就会有一万个让你去的理由。

为了结束在电话里的纠缠，你只好违心地答应了。

你百般不情愿地换好了衣服，顶着寒风出门。

这种天气，在外面怎么都不如待在家里舒服，因为你是被友谊"绑架"去的——当时朋友说："你今天不来，以后就不是我朋友了。"你负担不起这种背信弃义的罪名，只好硬着头皮去赴约。

结果你打了车，绕了半座城赶过去一看，朋友并没有十万火急要你救的场——而他心急火燎地把你叫出来，是为了和一群半熟不熟的，正在悠悠地喝着小酒、吃着夜宵的人瞎侃。

你才发现，他拼命地劝自己赶过来，并没有什么事，只不过是在一群人面前夸下了海口："某某跟我关系很铁，我随便一个电话叫他来，他敢不给我面子？"

他只不过需要你来证明：你是他招之即来，挥之即去的"铁哥们儿"。

见你来了，众人起哄，让你自罚三杯。你把目光投向朋友，指望他为你解围，结果他起哄得比别人更带劲："喝不喝，你还是不是我哥们儿？"

你才发现，做他的朋友这么难，要经过一重又一重的考验。

我知道，有些人对朋友的定义是：我叫你出来，天上下刀子你都要出来；我叫你喝酒，你带着病吃着药也得给我喝……这样才够朋友。

我始终不能理解这种江湖义气，然而，很多时候又会遇到这样"盛情难却"的事情。有一次，我甚至对一个朋友放了狠话："以后再有这样的局，别叫我！"

这个世界上，每个人对朋友的理解是不同的，有人会因为你不出来和他喝酒、玩耍，觉得你不够朋友；有人会因为你没给他面子，觉得你不够朋友；有人会因为你没给他点赞，觉得你不够朋友……

而我对友谊的定义是，朋友至少不会总是强我所难。比如，不会在我不想出门的时候强迫我出门，而会因为天色已晚，雨天路滑劝我早点回家休息；不会因为我不想喝酒还强迫我喝，而会因为我不能喝酒劝我不要喝或少喝。

真正的朋友，会体谅对方的为难之处，照顾对方的感受。

明明知道对方最怕老婆，对方老婆也来了电话，说好了回家的时间，现在对方归心似箭，在频频看表时还要死死拉住：

"不准走，今晚决战到天亮，谁先走谁就不是铁哥们儿。"

我觉得，这种喜欢以友谊之名"绑架"朋友，让朋友左右为难来证明友谊真、关系铁的人，纯属无聊。

这是因为，并不是每个人都喜欢呼朋引伴的热闹氛围，并不是每个人都喜欢不醉不归，并不是每个人都喜欢晨昏颠倒——每个人的经济能力、身体状况、生活习惯、兴趣爱好等，都是不同的。

有的人理所当然地要求别人，按照他自己的标准去跟他交朋友——你觉得别人要陪你跑马拉松，陪你夜夜笙歌才够朋友；那么，你还会不会觉得别人陪你赌博，做违法犯罪的事，才够朋友呢？

我知道，做你的朋友其实很简单：只要我愿意为你做我不想做的事就行了。可是，做我的朋友更简单：只要你别逼我做我不想做的事就行了。

那种动辄因为别人没有按照他的意愿行事，就觉得别人不够义气、不是朋友的人，我想，还是不做你的朋友比较轻松。

16. "找碴儿心理学"，害人又害己

不知道你有没有玩过"大家来找茬"这个游戏，就是在最

短的时间内，快速找出一幅图中的所有错误。这十分考验眼力和定力，找出来，你就赢了。

我有一个亲戚，是个热心且善良的老太太，可总是无法让人喜欢起来。

她第一次上我家做客，一进门就指出家具的摆放不符合风水，鱼缸里鱼的数目不对，阳台上的花养得不够丰美……哪哪哪都不对，仿佛是领导亲自莅临检查。

我并不当真，哼哼哈哈、客客气气地敷衍着她。

午饭，我端上一盆水煮鱼。她又咋咋呼呼地开口说："哎呀，水煮鱼里放了花椒，你不知道花椒致癌的呀！"

因为一起坐下来吃饭的还有别的客人，我连忙解释道："知道你们平常都不太吃麻辣，我今天放得特别少，偶尔吃一吃没有关系的。"

她继续科普："书上说花椒吃多了致癌，以后做菜千万别再放了。"

"好。"我口是心非地应道。

那盆水煮鱼，她一连吃了好几碗，一边吃还一边唠叨："味道还是很不错的，就是以后别放花椒了。"

临走向我告别的时候，她仍不忘记提醒我："记住了，以后做菜别放花椒啊！"我啼笑皆非。

其实我心里明白，她并不是真的多么介意花椒，她在乎的是她的正确性——在花椒这件事上，她是对的，我是错的。这令她在潜意识中获得某种智商上的优越感。

也是这位老太太，在周末大清早打电话来，用毋庸置疑的语气命令我："你要转告你妈，我最近看的一本书特别好，叫《××健康之道》，你快拿笔记下书名，一定要买。"

"啊！好！"我嘴里应承着，但根本没去拿笔，那本书我也不会去买。我对家人说，她太好为人师了。

于是，我从家人口中知道了她的不幸——她被丈夫抛弃，儿子在外地打工不回家，没有退休金，生活窘迫。

有时候，最好为人师的往往不是成功者，而是失败者。他们比任何人更需要、更渴望抓住任何一个微小的正确，从而来证明自己——否定你不是为了否定你，而是因为这件事对她有不同的意义，能证明一点：我是对的。我比你懂，我比你聪明。我知识很渊博。

倘若人生无法过得正确，只好在别人的错里寻找自己的对。这源于一个人内心深处的不安全感和自卑感。

在生活中经常会遇到这样的人，无论你在谈什么，他们永远在泼冷水——他们热衷于对任何事物不假思索地否定。

你说：某某升官了。她马上说：他那个职位，吃力不讨好，两头受气，坐上去有得受的噢。

你说：某某找到对象了，看起来很幸福。她冷笑着说：秀恩爱，死得快。保证不出三个月，就会一拍两散。

你说：我要搬新家了。她皱起眉头说：才装修几个月就搬进去，小心得白血病啊！

听到这些"哲理"，你就知道，她已经把"大家来找茬"

这个游戏带到现实生活中来玩了。

事实上，可能是因为她很清楚：自己没法升职，只好让自己相信别人的升职不是好事；自己没法秀恩爱，只好相信别人会死得快；自己没法住新家，只好安慰他人新房子有污染。

否定别人的人，潜意识是在安慰自己的嫉妒心。否定别人的那一刻，会让他产生自己很高明的错觉。习惯性地否定别人的人，已经无法从自己的人生和事实中寻找到自己的高明之处，只好通过别人的错误来抬高自己的高明之处。

一个人能正视自己的嫉妒心是一件很难的事，说"我在嫉妒"似乎远比说"对不起"要难为情得多。当你急于纠正或否定别人的时候，先想想，这件事是不是不得不纠正别人——你是出于正义感、善意，还是源于内心的自卑和嫉妒。

是真心觉得平淡是真，还是恨别人的荣华富贵；是真心相信有钱不一定幸福，还是因为自己对赚钱无能为力。如果是后者，你要勇于正视自己内心的自卑和嫉妒——与其让自己活在拼命否定别人而肯定自己的幻觉里，可笑地自欺欺人，不如去努力完善自己，追求更好更正确的人生。

别在他人身上玩"找碴儿"，找到了你也不是赢家——不管你找出了别人多少处错误，也无法掩饰你的失败；不管你证明了别人有多愚蠢，也并不意味你不蠢。

反之，如果遇到有人拼命地批评你、否定你，请不要生气，请用同情的眼光看着他：你是对自己的人生有多失望？是有多自卑，才需要拼命用别人的错来证明自己？

17. 当有人总是索取赞美

　　朋友告诉我，她的一些女友总是喜欢在她面前诉一些无关痛痒的苦。

　　例如，明明住着 140 平方米豪宅的女友，偏偏还要不断地在她面前抱怨："我家的房子好小啊，住着一点儿都不舒服……"

　　朋友和母亲还租住在亲友家 50 平方米的小一居，虽然她听得心痛欲碎，还得咽下口水，安慰对方："140 平方米不小了好不好，你们家才两个人，住这么大的房子多宽敞。"

　　再如，一位工作稳定、身家百万的女友，在她面前不断叹息："哎呀，我真的好穷啊，每个月的工资就这么一点儿……"

　　朋友还得一次次去反驳："你们家已经很有钱了，房子有那么多套，收房租都收不过来，还在乎工资？"

　　我一听，摇头道："这哪里是诉苦啊，明明是赤裸裸地炫耀嘛！"

　　我身边也有这样的女生。比如，她明明已经很瘦了，还说要去减肥。我反驳她："你已经很苗条了，减什么肥呀！"

　　她们的"抱怨"是固定的，她们笃定，答案也是在她们的意料之中。

　　她们喜欢且需要别人的赞美、肯定或反驳，以此想让自己更快乐、自信。所以，她们就会一次一次地"抛砖引玉"。

　　人在得意忘形的时候，往往恨不能把幸福昭告全天下，这一点无可厚非。但有些人喜欢把类似的炫耀天天挂在嘴边，见你一次说一次，说得你耳朵都长茧了，你还要一次一次配合演戏似的恭维她。

　　这样索取赞美，显得不厚道。

　　于是，我跟朋友开玩笑说："那么，下一次她再在你面前说她家房子小，你要是忍不住了，就顺着她说：'是的，你家房子真是小。我认识一位跟你老公做一样生意的朋友，人家都住进别墅了。你说，你混到现在，也就混了个四室一厅，快努力吧！'"

　　过了几天，朋友笑嘻嘻地打电话告诉我："我那姐妹，哈哈，我一说她家房子的确很小，她大吃一惊，望了望我，马上闭口不言，再也不跟我提房子的事了。以前，我反驳说她家的房子不小，她还要找种种理由论证房子怎么怎么小，我们至少还要争论20分钟。"

　　朋友太坏了，我没想到她真的跑去跟对方这么讲。

　　好吧，以此类推。

　　"你没有钱？对，你是没有钱，虽然你家产多，不过你若不懂自力更生，很快就会坐吃山空。"

　　"你要减肥？是的，你这种只希望靠外在美'锁'住男人的女人，一旦肥起来，后果不堪设想。"

"你男朋友天天给你买零食吃是对你好？他想套牢你才是真的，等把你养得又肥又丑，没人要了，好满足他虚弱的安全感。"

当然，话不能这么说，在心里想想就好了。我们还是要懂得：赠人玫瑰，手有余香。

第四辑

情感经营心理学——与人相处事半功倍

· ·

　　随着不断的成长，我对友情慢慢有了新的认识。我开始明白，水至清则无鱼，朋友就是按不同种类分布在自己的世界里。

　　有的朋友和你可能已经没有什么共同语言了，但是也可以彼此温暖地陪伴。有的朋友就是一起吃喝，一起玩，让彼此开心的。有的朋友久不联系，但只要需要他时，他就会立刻出现。

　　没有一个朋友是完美的，他们都有缺点，也都有可爱之处。

1.别让尊重"迟到一会儿"

我有一个朋友，和她约会非常考验人的耐心，因为她是"迟到冠军"，每约必迟——出来吃饭让你坐等 30 分钟，已是给面子了好不好！

明明半个小时前，她在公交车站接了你的电话，就已经很确定地对你说："我到了！"但是，之后她会解释：从公交车站走过来，然后等电梯，再在茫茫食客中找到你才花掉了这短暂的半小时，你怎么好意思认为我迟到了呢？

况且，人家在出发之前还非常贴心地关照过："你如果觉得饿，可以点菜先吃。"她这样善解人意，让你既不好意思"先吃"，更不好意思因为等待而面露愠色，以免叫人家认为自己对这一餐有多么猴急。

更多的时候，她会迟到一个小时甚至更多。

但你每次打电话过去询问和催促，总能得到安慰性的回答："我到了。"或者："我快到了。"语气诚恳得让你误会，那个望眼欲穿的倩影顷刻就会出现在餐厅门口，令你把伸直的脖子收回，正襟危坐，味蕾开始分泌口水，饥肠辘辘的胃也欢欣鼓舞地调整到即将开动的状态。

可是又过了 30 分钟，她仍没有到。你开始怀疑你和她不是生活在同一时空里，你这里漫长的 30 分钟或许在她的世界里仅仅是"嘀嗒"的 1 秒钟。

她终于来了，你早已是饿得前胸贴后背，无力追究她是经过怎样的困难重重和千山万水才抵达你的面前，更因为她一脸无辜的样子，虽然迟到而不自知。

充分了解她的这项特长后，跟她吃饭，你会事先带本书或给手机充满电。你是去餐厅吃饭吗？不，你主要是去餐厅独自看书和玩手机，顺便与她吃了顿饭。

有时候大家见面不唯独吃饭，还会约一起看电影——这更糟透了，即便你肯等，电影也不肯，别人都排队进场了，你却只能站在门口干着急。等她姗姗来迟，大屏幕里男女主角的爱情已瓜熟蒂落，修成正果了。

所以，我和她总共看过两场电影，一次我请客，一次她请客，结果都一样：迟到。我发誓再也不要和她去看电影了，真不知道那些和她约会的男人怎么办。

我倒是给她介绍过一个男朋友，不久接到她的投诉，说这男人和她相约去公园赏花，居然迟到。

我听到这件事，第一个反应是：啊，她也有今天。第二个反应：居然有人迟到能比她还厉害。

我将信将疑地把信息反馈给男方，结果对方很委屈地说了句："我以为她不会那么早的。"一句话，我立刻会意到了事情的始末。

想来这个男人每次约她，她都迟到。男人便以为掌握了规律，觉得自己偶然迟到那么一点点，必然能赶在她前面。不料，这一次她破天荒地正常时间到达，却发现现场竟然无人恭候大驾，便很生气，怪罪别人迟到。

爱迟到的人，反而最不容易原谅别人的迟到，因为之所以每次迟到，就是为了让自己不用等。

有些人永远让人等，却永远不肯等人。这样的人，不是在迟到中慢慢杀死友谊，就是在迟到中慢慢杀死事业。

2. 友情中不只有包容和责备

知乎上有一个问题：如何哄回生气的朋友？

我想说，最好不要惹朋友生气，这样就不需要哄了。这是因为，朋友生气了，一方面，你不知道能不能哄回；另一方面，就算哄回了，你也不能保证你们的友情会不会出现裂痕。

某段时间，我和朋友 A 因为一位共同朋友 B 的事情产生了巨大的分歧。我们两个既是女人又是文人，吵起架来，鸡飞狗跳一样惨烈，结果就是两败俱伤：她觉得我无理取闹，我觉得她不可理喻。

在气头上的时候，我以为自己从今往后再也没法与这么一个自以为是的人沟通了。估计她也是这么想的。

大家互不理睬好几天后，我才慢慢地回过神来。我开始想起她的种种好来，她是一个那么淳朴、感性、可爱、有才华的朋友，除了在这件事上和我有分歧外，她作为朋友并没有什么不好。

隔了几天，她到我的公众号留言了。

虽然她的话好像还是在批评我，虽然她还是一副余怒未消的样子，但我赶紧揪住她示好，对她说："不管你是不是因为我们的观点不同而讨厌我，我都会单方面地喜欢你，永远把你当作我的好朋友。"

于是，我们就和好了，又可以把各自的秘密告诉对方了。

还有一次，我因为一件事成为众矢之的，被一群人骂得痛不欲生。

还好有一个朋友出来挺我，他帮我说了几句好话。事后，在我向他表达谢意的时候，他很委婉地提醒："她当时也在场，怎么没有出声？她不是你的好朋友吗？"

我云淡风轻地说："可能她有自己的想法和处事风格吧。"

其实，我一开始对她的明哲保身是有一点介意，因为，如果她有和我一样的遭遇，我一定会不假思索地为她挺身而出。

可我转念一想，她那么可爱和有趣，我和她在一起那么开心，她愿不愿意在我面临困境时向我伸出援手其实并不重要——因为我和她交往的初衷，并不是为了利用她。难道我要因为这么一件小事，拒绝一个能令自己开心的人吗？

这么一想，我的心里就释然了。

随着不断的成长，我对友情慢慢有了新的认识。我开始明白，水至清则无鱼，朋友就是按不同种类分布在自己的世界里。

有的朋友和你可能已经没有什么共同语言了，但是也可以彼此温暖地陪伴。有的朋友就是一起吃喝、一起玩，让彼此开心的。有的朋友久不联系，但只要需要他时，他就会立刻出现。

没有一个朋友是完美的，他们都有缺点，也都有可爱之处。

曾经有一个阶段，我又矫情又任性。比如，我认识了一位新朋友，和她一见如故、相谈甚欢，也吃了好几回饭。

有一天，我心血来潮打了她的电话，对方在电话里问："请问你是谁啊？"我的"玻璃心"哗啦就碎了，我当下这么回她："对不起，打错了。"

我生气的是，对方居然没有存我的电话号码，居然听不出我的声音。挂了电话，我就把对方的电话号码删掉了，并决定老死不相往来。

过了一段时间，她在 QQ 上问我："最近怎样啊？"

我不客气地回道："我怎样，和你没有关系。"

这弄得对方一头雾水，都不知道怎么把我得罪了。

现在想起来，我都觉得当时的自己好奇葩。因为我根本就是个双重标准的人，自己平时也不存别人的手机号码，手机通信录里的联系人，最少的时候总共就三个。但我只偶尔一次发现别人没存我的手机号码，居然就觉得自己被辜负了。

现在我很庆幸，别人没有因此与我绝交。

友情被我这样凉薄地挥霍着，直到有一天，我也站在被友情"拉黑"的位置，才觉得委屈：为什么我为你做过一百件对的事，只因为某一刻不小心做错了一件事，就不能原谅我？

亦舒说：做朋友，是论功过的，相识的日子中，如果加起来功多于过，这个朋友还是可以维持下去。

3. 让"熊孩子"自己成长

网上有一个很火的帖子，标题是《摧毁一个熊孩子有多困难》，网友不约而同地吐槽"熊孩子"的恶劣行径，以及自己如何惩治他们的方法。

我不喜欢"熊孩子"这个词，不喜欢这样满满恶意的题目。

我以前也有遇到过人们所说的"熊孩子"。

这个"熊孩子"是发小的弟弟，小时候经常去发小家玩，难免遇到她弟弟——被重男轻女观念宠溺坏的小孩子，看见我，就吐口水、打我，各种敌意重重。每一次，他对任何一个出现在他家的客人都充满了攻击性。

当时我不是很生气，大概是因为爱屋及乌吧，作为好朋友的弟弟，不会跟他计较。也因为比自己小的孩子那种侵犯，对我并不会造成实际伤害，只是让我有点小烦。

很多年以后，再遇到他，是因为他被一个女子深深地伤害和欺骗，他跟着他姐，到我这里来寻求支援，让我帮忙出出主意。

我看到他，长成一个挺拔的小伙子，老实而沉默，只不过因为失意的感情，神色忧伤。

我会因此觉得他活该，是恶有恶报吗？不，我挺为他感到难过的。谁会对十几年前的事记仇，对一个小孩子的幼稚行为耿耿于怀呢？想来他自己也不记得了吧。

那天，我给他分析，建议他将这件事诉诸法律，找那个女子索赔。

可他始终相信对方不是故意的，即使对方严重伤害了他，他仍然不肯与她兵戎相见。他对那个爱过的坏女人，始终心怀柔软，只是想做一个妥善了结。

还有一个"熊孩子"是朋友的儿子。每次去她家，这孩子都对我拳打脚踢。当然，这之中一定有父母的纵容。

我不可能和他对打，只好左躲右闪。反正又不用天天见他，也不觉得这是困扰。

过了一段时间，我又去她家，孩子已经上小学了。但他突然像换了一个人似的，变得非常懂事和礼貌。

看见我，他主动招呼我，问我渴不渴，想喝什么，然后拿着自己的零用钱飞奔出去给我买饮料、水果，十分殷勤。

回来后把家里好吃、好玩的全找出来给我，然后自己在一边安静地做作业。

我要走，他拼命挽留我："阿姨你一定要留下来，我让我妈做水煮鱼给你吃……"

我说："你小时候经常打我噢，现在怎么变得这么懂事了？"

他摸着头，不好意思地笑笑。半晌之后，他有些忧伤地说："当我知道我妈妈和我爸爸要离婚的时候……"

大部分熊孩子其实是阶段性的"熊"，因为某个阶段认知力和自控力的欠缺所致，而他们长大后会变乖变好。

当然，我不认为"熊"是对的。有些孩子的确欠缺教育，但我反对敌视孩子。一个人，一生中再怎么受宠爱，其实，可以恣意任性、为所欲为的时间真的很短暂吧。

每一个被嫌弃的"熊孩子"，现实生活自会教育他，有一天他们都会被社会"制服"——在残酷的现实中，他们最终会被驯化，变成一个循规蹈矩且疲于奔命的成年人，被上司欺压，被所爱之人伤害。不停地努力工作，买房买车，娶妻生子，然后开始指责或鄙视更新一代的熊孩子。

就像现在看起来稳重的成年人，也是从无知而淘气的"熊"途中成长起来的——他们享受过长辈的宠爱与包容，才学会了如何与世界温柔相待。

原谅一个熊孩子吧，也许我们曾经也是别人眼中的"熊孩子"。

4. 付费是最低成本的求助方式

这一年下来，我私下回答过关于写作问题的人数不下百人。然而，通过向我咨询获益最大的是我的一位朋友：我每次回答她一个问题，或者指导她完成一篇文章后，她会直接发来一个红包感谢我。

这样的红包，其实金额都不大，倘若我用为她付出的时间去赚钱的话，一定远远超过这个红包的价值。

我愿意帮助她的原因有两个：一是明明可以讲感情，她却愿意发红包来肯定我的时间价值；二是她用红包向我表达了她的学习诚意。

有些人长篇大论地向我表示，他们如何喜欢写作，我有时也会建议他们采取付费方式去学习班进行系统学习（做这种建议，给我带来不了任何利益）。结果，他们就没有下文了。

这让我觉得，他们并没有多少学习的诚意。如果你都不愿意为你的梦想花钱，说明你的梦想不值钱，你并不看重它。

我这位朋友，很看重自己的努力，也尊重别人的时间。

这令我与她交流得最多，跟她分享的干货也特别硬，包括手把手带她去图书馆看书，带她进入作者圈，根据她的学习进度发给她课件，指点她构思……

她用不到半年的时间在网络上发表过好几篇文章，而且都是以千字几百元付稿酬的专栏文章。按她的稿酬计算，大约一篇文章的收入已超过支付给我红包的十倍以上。

当然，这并不是我的功劳，是因为她对自己的梦想有足够的诚意，并且一路坚持了下来。

很多人的心态是：能免费获取的东西，我为什么要付费呢？所以，他们宁愿浪费自己的时间去问这个人，问那个人，到处"蹭经验"。

你是可以通过消费别人的善意获得别人的经验，但是你想要别人长期、持续、用心、系统地帮助你，自己非要付出态度和诚意不可——不要为了省钱，浪费了时间成本，却永远学不到核心内容。

5. 来一场心灵的沟通

很少有人愿意承认自己不喜欢旅行，就像很少有人愿意承认自己喜欢打麻将一样。打开任何一本杂志的征婚广告，上面的男女老少几乎都不约而同地选择了阅读、旅行、音乐或运动这一系列端正又不失体面的爱好。

世界上不会有两棵相同的树，世界上却有那么多雷同的人：想法一样，做得一样，说得一样，喜欢得一样，追求得也一样。

可是，真的一样吗？

我曾经遇到个男人，当我问及他的爱好时，他自称喜欢运动；当问他喜欢什么运动时，他想了很久，闷闷地说出两个字：爬山！然后我说：我妈也很喜欢运动，她老人家每天都去爬山。

事实上，我举的并不是特例。如果深究起周围人的许多爱好，可能大多数人的公开爱好都经不起推敲。

或许号称喜欢阅读的人，每个月只看一些时尚杂志；号称喜欢烹调的人，只会做蛋炒饭；号称喜欢音乐的人，可能只会在 KTV 唱《两只蝴蝶》《老鼠爱大米》……

有时候，我不知道他们是不懂得自己，还是不懂得爱好。

当然，爱好是不分级别和段数的，它并不需要你必须达到什么专业程度，才能够获得资格。

爱好面前人人平等，或许我们无权要求。至少我不会轻易在人家宣称喜欢美术时，怕人家跟我谈什么是印象派。我只是保守派，怕被人揭穿了下不了台。

同样地，我也不在人前谈旅行。我未曾到过西藏，不曾领略过丽江，不懂得周庄，只在网上看过凤凰古城……更重要的，我这小半生都不喜欢任何交通工具。

去过两个省外城市，都是因为工作。在湖北时跟着整个部门有过一次短程旅游，勉为其难——参加集体行动，是因为不想被同事认为我孤僻。

　　我记得，那次我们站在山脚下，听导游讲解那些牵强附会的传说和形象。

　　导游说：你们快看，这座山像不像猴子！再往右看，那个石头像不像一个女人！

　　于是，大家一窝蜂拿着相机猛照，有的人看了半天看不出所以然，只好再努力一点，看了又看。有些人则故作惊喜地说："哎，我看到了，我看到了，真的很像！"

　　可能是我这个人太主观，不太容易受别人的意见影响，不管导游怎么循循善诱，我对着骤然推荐给我的一座山，都无法顺着他的意思去联想……说是联想，不过是对一处景物的集体意淫。

　　无独有偶，我现在所在的公司旁边就有个景点，几乎每天都有游览车停在楼下。

　　有一天，我看到导游带着一群男女老少，在讲解我单位门口的一棵小树。我看见导游站在那里，像煞有介事地拿着喇叭说："大家快看，这棵树名叫红豆杉，是南方特有品种，它的药用价值是消肿……"

　　于是，那班游客兴致勃勃地将我平时上下班经过时正眼都不看的树一下子围住。

　　我想这其中不会有生物学家，也不会有个游客真对一棵不知名的树的名称、药用价值有兴趣。也许自家门口几棵树的品种，他们未必都认识。但花这么多钱，大老远跑过来看一棵树，不好好记住名称、拍照留念，怎么对得起旅行费！

其实这并不是那么好笑。我们旅行的时候，大老远冲过去看的、惊喜的、欣赏的、尖叫的、少见多怪的，也许只不过是人家门口、村口、路口微不足道的一棵树、一块石、一座山。

而对方不过是礼尚往来，来看、惊喜、欣赏、尖叫、少见多怪的也是我们的门口、村口、路口的，我们觉得微不足道的一棵树、一块石、一座山。

或许别处的月亮更圆，你可以说你去过很多城市，游览过很多地方，可是印象似乎千篇一律——许多地方，需要靠照片才能记起。然而，人与城市，人与树，人与人之间，始终都是要讲缘分的。

你在路上可以看见很多美女，也许还拍过很多美女，但没有交流，没有接触，就没有任何意义。走马观花的旅行，就像路上见过的许多不曾交流过的美女——她们不断地经过你的眼前，却不曾走进你的心里。

每个城市，每棵树，在每个人的心里，都应该有不同的想象和理解，有不同的样子，而不应是千篇一律的故事和讲解。

或许多数人在心目中对旅行的定义，只不过是一个地名、一堆纪念品、无数照片、一场聚散、一次流汗、一身疲倦。如果这是旅行，我就不喜欢旅行，我不喜欢人们通常理解的广义的旅行。

我曾经对一位好朋友说过，第一次换工作，我就感觉像是一场旅行——从一项执行内容，旅行到另一项执行内容；从一个人际关系网，旅行到另一个人际关系网。这种体验很有趣。

　　我不知道他是否能够听得懂，我心目中的旅行就是这样的，是每时每刻，是随时随地。

　　就好像以前有人问我，你走路的时候为什么东张西望。其实，我心情好的时候会看路边的树和人。我太热衷联想了，没事就会看看树，想象它们的样子——我不需要知道它们的名字，但我知道我比谁都懂得它们，因为它们已走进了我的心里。

　　我会记得中山路那一棵树长得比较像中国地图，不是别人介绍给我的，是我自己发现的，是我自己的感觉——它是我一个人的风景。

　　我知道西湖那边有一排树的树冠，像心形。有天我指给同事看，她看了看树，又看了看我，虽然也觉得有点像心形，但还是得出一个结论："你花痴了！"

　　我呵呵笑，如果不是我，而是去旅游的时候由一个导游介绍给她看，她没准儿会觉得导游很专业，没准儿会觉得风景很难得，没准儿会觉得很惊喜，很努力地要拍照。

　　我们不应为旅行而旅行。因为我们每个人的人生，本就是一场漫长的旅行，请勿闭上眼睛，锁住心灵，错过风景：

　　行走是用身体旅行，美食是用味蕾旅行，音乐是用耳朵旅行，香水是用嗅觉旅行，而爱情是用灵魂旅行。

　　阅读是在别人的思想里旅行，倾听是在别人的经历里旅行，社交是在别人的生活里旅行，情感是在别人的生命里旅行。

　　如果你用心，怀有足够的敏感，每一次都是惊喜，每一处都是风景，每一刻都在旅行。

6. 这个事情没有标准答案

我的一个男友去参加 8 分钟约会，一个女孩子问他："如果我成为你的女朋友，有一天，在公共场合我的鞋带松了，你会主动替我把鞋带系上吗？"

友人老实地回答："假如你当时不方便，手里提着东西什么的，我很乐意效劳。"

女孩子听了，脸上流露出失望的样子。因为她心中早有标准答案：一个人真的爱我，他应该不讲自尊、不畏麻烦、随时随地弯下腰，替我系好松开的鞋带。

朋友第一时间被过滤，呆坐 8 分钟后，座位轮换到下一桌。

这时，他听见刚刚与其交流的女孩子对下一位相亲者问同样的问题："……你会主动替我把鞋带系上吗？"显然，这妹子一定是韩剧看多了。

许多姑娘出来相亲时，仍未弄清楚自己需要一个什么样的爱人。有些姑娘一上来就问对方月收入多少，是否有房有车——或许她们骨子里并不是物质的人，只是觉得别人都这样要求，这么问大抵没错。

另一些姑娘则太文艺，深受鸡汤"美文"的影响，从那些爱情金句里总结出一套试题，标准答案多数有相同的句式：真正爱你的人，他会这样……

带着这些爱情试题，有人满世界寻找一个愿为自己系鞋带的人，有人则满世界找一个能在饿得快死的时候把唯一一碗粥留给自己的人——她们根本不考虑，四肢健全的自己有多需要一个帮忙系鞋带的人？我们生活在一个富足的年代，又有多少机会让对方用付出一碗粥来展现真爱？

事实上，就算有人真的时时刻刻如此矫情地爱你，你未必吃得消，最后可能嫌他啰唆、麻烦，没有男子气概。

有些男人因为善于花言巧语，将这些抱着幻想的姑娘迷得七荤八素，结果在生活中逐渐暴露出来的自私、懒惰，甚至赌博、家暴等恶习，往往会让她们呼天抢地直恨自己当初瞎了眼。

确实，带着爱情金句来谈恋爱，相当于只用耳朵不用脑子，看错人有什么奇怪的？

身边就有个案例：一姐们儿从小多愁善感，迷恋琼瑶剧，总幻想能谈一场浪漫多情、从一而终的恋爱。

后来真碰到一个帅气学长的追求，她很快坠入情网，声称非他不嫁。一切只因为他会给她发非常煽情的短信，其中一条是这样的：我对你的爱情早有预谋，最后不是你杀死我，就是我杀死你……多么轰轰烈烈的山盟海誓，正是她要的那种感觉。

不料，结婚没多久，她在他的手机里发现一模一样的短信，被他发给别的女人。于是，她拿着拖把追着他满街打："你说，现在到底是我杀死你，还是你杀死我？"

或许有人认为，这样的姑娘很少吧？不不不，身边真的有一大把，人人随时都能脱口而出的句子是：他如果爱我，就会怎样，或者就不会怎样……

看看，爱情文学的毒中得是有多深啊！

许多女朋友一上位，就开始让男友戒烟戒酒戒游戏。有些男人抽烟快 20 年了，你一来就要人家立即"重新做人"，而且并未觉得不妥——因为你心中有一个标准答案：若他真的爱我，就会为我而改变。

这样的金句是多么一厢情愿，并不能反过来指向自己。假如男朋友让她减肥或者做家务，她的标准答案马上就会换成另一个，掷地有声地脱口而出：若你真的爱我，就应该接受我的所有缺点。

实在让人想晕倒，她们没觉得自相矛盾吗？最好的爱情应该是双向付出，互相容忍一些缺点，也能为彼此改掉一些缺点。

还有一道爱情经典选择题：一个人有 1000 块钱，他全部给了你。一个人有 100 万元，他只给了你 1 万元。你会选择谁？

许多人毫不犹豫、理所当然地选择前者。我则认为，选择应该因人而异。

你自身富足，经济独立，选择谁是看喜好——有人喜欢燃烧，有人喜欢持久；有人享受百分百热情，有人享受半糖主义。再说了，这个肯在有 1000 块时给你 1000 块的人，未必在有 100 万元的时候也肯给你 100 万元。

所有走在择偶路上的姑娘，都应该静下心来想一想，自己的优缺点是什么，自己最在乎对方的优缺点是什么，最需要得到的又是什么。

当你清楚地知道自己的内心时，你才会发现，自己生命中的另一半未必是那个随时随地为你系鞋带的人，饥饿的时候让给你一碗粥的人，甚至和他母亲同时落水时会先救你的人。

爱情没有最好，只有最适合。有人嫁给烟鬼，有人嫁给懒汉，有人嫁给小气鬼，只要你喜欢就百无禁忌。

爱情金句拿来打发时间、陶冶身心自然不错，当成择偶的金科玉律就是大错特错。

7.做一个有趣的人

有位做企业培训的女友口才极好，擅长将一件平淡无奇的小事描述得妙趣横生，她最常给我们讲的故事是："我的相亲对象是极品。"

一次，她去见号称在本市某家主流媒体就职的A男，见面后她问对方："你在H报负责哪一块？"A男豪气干云地一挥手："五四路、华林路那一片都归我管。"

"什么？"

那男人慢条斯理地解释："那一片的报纸都是我送的！"

原来，媒人口中的媒体从业者，是报纸发行员。

还有一次她去亲戚家，亲戚在席上突然说要给她介绍对象，一个电话就把 B 男召来，并当着她的面盘问对方。问到收入时，B 男羞涩相告：一个月 3000 元。

女友还未表态，介绍人先觉得这薪资水平太不给力，直接追问："那你的工作以后会加薪吗？" B 男头低得更低，非常肯定、认真且老实地说："不会。"

这么新鲜生动的第一手八卦，总令我们喷饭，以至于如果她一段时间不出去相亲，讲这些笑话给大家听，我们都觉得人生少了一份乐趣。

但是好几年过去，和她相过亲的人都结婚了，她仍然不是在和极品相亲，就是走在和极品相亲的路上。

我们也开始觉得有些相亲笑话不那么好笑，比如我介绍给她的牙医，只是在见面时出于职业习惯建议她"你有否考虑过将稀疏的门牙修整一下"，就立即被她视为言行极品。

我小心而委婉地提醒她："介绍人把相亲对象介绍给你的时候，大约都考虑过双方的匹配度吧？如果大家都觉得配得上你的人，你却统统都看不上，是不是你的眼光高了？"

有些人可能天生缺乏一种对异性的感悟能力，导致他们在相亲过程中太过敏锐地发现对方的缺点，却看不到对方的闪光点——一个人除了健康和品格上的缺陷，其他方面的特点都具有两面性，比如语言无趣的人不会拈花惹草，小气从另一个角度看就是勤俭，而太殷勤太浪漫的男人也许是花花公子。

　　和女友相反，一位极富男人缘的女同事，各方面条件未必多出众，但是她有一点点儿小花痴，好像从没见过男人一样，身边每个异性都可以是心动男生——A 不帅但是幽默，B 不高但是时尚，还有 C 真是很温柔很体贴。所以，她虽然也失恋过，但很快又能欢欢喜喜投入到下一场恋爱中。

　　不是我们能够找到一个没有缺陷的男人才叫幸福，有能力去接受一个不完美的另一半，那才叫真正的幸福。

　　出来相亲的男人和女人一样，对于陌生人都带有一点点儿迟疑和试探，他们在你面前也许并未完全放开自己——不幽默，不大方，也许只是他们还没有确定到底要不要吸引你。

　　你欣赏的目光，就是他们变得可爱的最大鼓励，多一点耐性，你会看见他们像孔雀一点一点把自己美好的一面打开。

　　就像我有一个很要好的男友，有一次走在路上，他挺认真地对我说："我啊，看到街上的女孩子，大多数都觉得很漂亮。"

　　他孩子气地用手指头指着路过的七八个女生，这个很漂亮，那个也很时尚，然后一回头对着我："你也很漂亮。"

　　我没有爱他之心，但是那一刻，真心觉得认为我很漂亮的男人是可爱的。后来他娶了个据他说是大美女的女人做了老婆，虽然我们共同的朋友对此不以为然，但是别人怎么认为并不重要，就像蔡康永所说：你感觉到风时，风才在吹。你把宇宙放在你的心里，宇宙才存在。

　　你的心是哈哈镜，看满世界的人都是极品；你的心是美颜相机，看所有人都是俊男美女。

8. 共鸣是沟通的润滑剂

"我再也不相信爱情了！"我不记得这句话是从什么时候开始流行的。

每当有公众人物，特别是明星闹出轨、离婚，网友总是不约而同地说出这句话："我再也不相信爱情了。"

对于人们来说，这是一句应景的戏言，还是大家对这个残酷而现实的世界的集体宣泄？然而，不知道是因为时代变迁，还是因为年龄的增长，无论男女，我身边相信爱情的人似乎越来越少了。

比如我给人介绍对象，男方向我了解的内容包括：女方家庭条件、工作单位背景、福利待遇、有没有双休，甚至五险一金金额多少……相亲多年的女友，也不肯降低对男方物质方面的要求，执着地要男方有房有车、收入上万。

当一个人在择偶中对硬件的要求越来越多的时候，那留给爱情的余地就越来越少了。我不想简单地评判这样的选择是对是错，在这里只想讲一个非常励志的爱情故事。

我有一个女文友，我们是通过网络认识的。她人品很好，可第一次看到她本人的时候，我吃了一惊。

当时她是为了网恋奔赴而来，在这个城市找了一份新工作。当她安顿下来，去见在网上和她山盟海誓的男网友，对方在见到她第一眼后，扭头就走。

就是这个女文友，过后非常悲伤地对我说："我想，我这辈子都不会遇到爱情了。"残酷的是，当时我在心里默默地认同她的话——因为当时的她是那么的胖。

可是，后来她却找了一个帅哥男朋友，比她小三岁，身高一米八，曾担任过平面模特……是不是美好得不像是真的？

当时，她身边的所有人也把这场恋爱当作骗局，有个男同事直言不讳地对她说："你和他恋爱，以后会很受伤。"

她的回答很坦然："和他在一起，也许以后会很受伤；但是不和他在一起，我现在就不快乐。爱情对我来说本是可遇不可求，有机会我就要紧紧抓住，有机会受伤也是好的。"

她不管不顾地投入这场爱情中，全力地付出着。她对那个男朋友是真的好，好到什么程度，你猜？

她男朋友因为有网瘾两年没有正经工作过，他每天在他们的出租屋里打游戏，什么也不做。她无怨无悔地养着他，每天早上起来先做好早餐，然后替他接好洗脸水，把牙膏挤在牙刷上，有时甚至替他穿好衣服才去上班。

她没有钱，也没有美貌，但她的爱将他宠成了皇上。

所有人都以为他们会分手，然而没有。也许是因为他知道这个世界上不会有另一个女人这样爱他，也许是因为其他原因。

男方在父母的支持下买了一套房子，然后他们结婚了，不久她还生了一个儿子。他也克服了网瘾，出去上班赚钱，像一个男人一样养家糊口，现在他们很幸福。

这是发生在我身边的真实爱情故事。我不敢说每个相信爱情的人最终都能圆满，但相信爱情的人会比较幸福，因为爱神只眷顾相信它的人。

相信爱情，不是相信爱情永远不会失败，而是相信这一刻，彼此都全力以赴，倾心热爱。

相信爱情，不是执着于天长地久四个字，而是很多年以后，即使分开，想起这段情、那个人，仍能扬起嘴角微笑，心中笃定三个字：不后悔。

"梦想总是要有的，万一实现了呢？"那爱情也是要相信的，万一真的存在呢？

9. 这是你的逆反心理在作怪

对于爱情这门功课，尘世间的男女永远充满了求知的热情，人人都想通过掌握某些经验或技巧，令感情一帆风顺，修成正果。

随便打开一个媒体的情感版块，痴男怨女总是不厌其烦地在问：要怎样才能让他喜欢我？要怎样才知道她是否喜欢我？

要怎样长期维护一段感情？要怎样让对方更爱我？

我看到一个很热门的帖子中，有人问：男女交往最忌讳什么？

回帖中有很多答案，有人说，男女交往，最忌贪心；有人说，不能没分寸；还有人说，千万不要太作……

他们总结的不是不对，只是，对于爱情，他们过分关注了经营的问题，而忽略了选择的问题。我认为男女交往最忌讳的，根本不是你贪心，不是你没分寸，不是你太作，而是遇人不淑。

遇人不淑有两种：一种是选择了一个不爱你的人；一种是选择了一个坏人。

遇错了人，你表现得再得体，懂得再多的忌讳又有什么用——你的温柔懂事、小心翼翼，一样会讨人嫌。因为，欲加之罪，何患无辞。

我有个朋友嫁给了她的初恋，婚后那个男人懒得再上班，天天在家玩。她赚一份钱，要养全家。后来因为生了两个女儿，就被对方嫌弃了。

去年她查出癌症，男方当着丈母娘的面，叹了一口气，对她说了一句："本来以为可以让你养我一辈子的！"

什么是渣男，这就是了！得了重病，仍要被埋怨，敲骨吸髓，只恨没榨干她最后一滴。

我见过又贪又作又没分寸的人，照样被人爱得如痴如醉；也见过做足99分的贤妻良母，照样被渣男扫地出门。

有时候，你没有得到好的待遇，真的不是因为你不够好，而是你遇错了人——一开始没有选对人，之后哪怕姿态再端正，经营再用心，都会是悲剧。

爱情这门功课，首先要学习的不是如何得到爱，留住爱，而是如何选择爱。可我极少看到大家讨论要如何选择对的人、对的爱情，从来没看到有人问：如何识别一个男（女）生是否值得爱？

在这一重要决策上，每个人既主观又自信。从没恋爱过的人，也相信自己有能力选择一个爱人，无须假手于人。

也许有人会说，爱一个人不是要义无反顾吗？爱情不是要无条件地付出吗？这样思虑严谨、步步为营，爱还是爱吗？是否太市侩了？

我又不是要你判断对方有没有钱、有没有房，而是有必要先判断对方是不是一匹狼——不管不顾地把自己的心给一匹狼，不是什么伟大的爱情，而是愚蠢好吗？

最近，微博上有个小鲜肉民警，利用自己的网红身份与多位女生谈恋爱，事发后，受害人联手在微博上声讨他是感情骗子。

我对她们表示同情，另一方面也感觉到，这年头骗色或先骗色再骗财，比单纯骗财成功率要高得多。

倘若别人在网上和我们谈钱，我们会瞬间提高警惕；不过，别人在网上和我们谈情，只要对方颜值高一点、条件好一点，大多数人几乎没有一点点儿防备，因为爱情是盲目的！

可颜值高、条件好，并不意味着对方是个好人。你只记得保护你的财产，防止被人骗，却不知道更该保护的是你的心。

恋爱交往是近距离的接触，明明有很多机会和方法考验对方——一个人要劈腿，难免要分身乏术；一个人和你谈恋爱，却从不带你见亲友，难道这是合理的吗？为什么总会有这么多人上当呢？

爱情有毒。可是爱情就该让自己那么盲目吗？

我有个朋友，常上某相亲网站，她告诉我：网上骗子真的很多，但也不是没有办法防范。他们无非骗财骗色，不管对方表面条件多优秀，不确认对方一切之前，不动心、不上床、不借钱，时间久了便能看出端倪——骗子有时间和金钱成本，目标那么多，不会在一个人身上耗太久的。

对于某些毫无恋爱经验的年轻人来说，让自己置于情场，犹如手无寸铁置身于荒野——为了不让狼吃掉，你必须擦亮双眼。就如在荒野中采到一朵蘑菇，你不会贸然吃它，而是先分辨它是不是有毒。

可是你遇到一个人，还没见过他的亲友，完全不了解他的过往，仅凭一面之词你就敢轻易爱上他，把心交给他，是你自己有问题吧？

有些人在选择爱一个人的时候，太轻易、太草率；决定离开一个不够好的人时，又太纠结、太迟疑。

如果把前后两种态度倒过来，采取严进宽出，选的时候小心看清楚，分的时候当断则断，被爱情重创的人会少很多。

10.别人的才是最好的

有一次在路上遇到故人，是中学时的学长，也是一位好友的初恋。

很多年以前，我曾经陪着那位好友在放学回家的时候，偷偷跟在他身后。

还有一次，我和她在他家门口，一起用粉笔一笔一画地写满了他的名字：许××、许××、许××……最后在他的名字上用红色粉笔画了一个大大的、淘气的心。

我们画完之后，拍拍手上的粉笔灰，并排默默地欣赏着自己的作品。当突然听到身后传来脚步声，就嘻嘻哈哈、慌不择路地跑开了。

那是小女生的爱恋。

很多年以后，我在路上和他不期而遇的时候，若不是身边有人提醒，我几乎认不出是他：再找不到他年少时的影子——他头发凌乱，穿着发白的 T 恤，提着篮子在超市买菜。

我无法相信，眼前这个平庸的、接近中年的男人，是很多年以前的那个花样少年，是那个在舞台上跳《星星的约会》的少年，是那个学生时代女友心中珍爱过的少年。

于是，我忍不住想：自己喜欢过的那个少年，是否也一天一天在风中老去？是否也在家乡的那个城市日复一日地上下班，是否也让皱纹爬上了脸？是否也平凡地成为一个女人的丈夫，一个孩子的爸爸？是否每天也提着篮子去超市买菜，回家给儿子做个红烧鲫鱼？

弹指芳华，我怕时间太快，怕有一天遇见他，辨不出他曾经的模样。

在情窦初开的年纪，我遇见过我的少年。

那时候，他的笑容像晨风一样清新，眼神像天空一样干净。他聪明又英俊，却不是高高在上的——他是王子，却有一种来自民间的气质。他不是路人甲乙丙丁，他是不同的。

在当时，那是一种隐忍而克制的感情。

我从未试图靠近他，甚至下意识地远离他。我会在期待与他遇见的小路上，如愿以偿地遇见他，却在被他问候之后故意露出无辜而茫然的神情。

当宿舍里的女生用倾慕的语气热烈地讨论他时，我装作是最冷漠、最无动于衷的那个人。

我对他客气而冷淡，将自己伪装得不能再好。甚至，后来，在他打电话盛情邀约的时候，我也可以不动声色地拒绝。然后，在他挂断电话之后，我用额头轻抵着电话，在忙音中独自回味这绝望的甜蜜和心酸。

很多年以后，我将他的故事写了出来。许多人在替我惋惜：为什么不告白？为什么不多向前一步？

不，这不是骄傲，也不是欲擒故纵。只是，舍不得——太喜欢一个人的时候，心是会绝望的。

舍不得离他太近，害怕会失望；舍不得去爱他，害怕自己无法给他幸福。

舍不得向他告白，害怕一不小心连朋友都做不了；舍不得和他在一起，怎么容忍从热爱走向平淡；舍不得在人前轻易地谈论他，那是内心深处不容随意碰触的宝藏。

太喜欢一个人的时候，你会舍不得——舍不得去爱他，舍不得嫁给他；甚至，多看他一眼，都觉得心在隐隐作痛。

那是怎样的感情呢？

就好像儿时偶然获得珍爱的糖果，因为包装太美，一直舍不得把它打开，可它却神不知鬼不觉一天一天地融化掉了。

就好像儿时费尽周折得到一支小小的烟花，一直捂在手心里、口袋中，因为找不到哪个盛大的日子可以点燃它，于是一直放着，直到它变潮，再也点不着了。

是这样的喜欢，是这样的绝望。

很多年，我选择做个旁观者，看着他恋爱，失恋，再恋爱，再失恋。我看着他，这一个我舍不得爱的人，在别的女生那里被恣意伤害。我看着他喜欢的人离开他，理由一样的老套：因为他没有钱，没有房子。

可那时候，我却觉得这是不可思议的：怎么会有人忍心伤害他，怎么会有人舍得离开他？甚至生着那个素未谋面过的女子的气——我视若珍宝的少年，你怎么可以视若草芥？

后来，我又看着他这个我舍不得嫁的人，和别人结婚了，并且成为一个他妻子眼中平凡或不甚如意的丈夫。

在这过程中，我隐忍着，什么都不说，什么都不做。我想，他永远不会知道我的存在。我想，这并不重要。

有一天，我看到一篇文章《珍爱在晨风中老去的少年》。我才知道，原来每个女生心中，都有一个在时光中渐渐老去的少年。

或许，我们在路上遇到的，每一个步履匆匆的中年男人、老年男人，每一个被人间烟火历练得平庸、世俗的男人，都曾经是别人用最好的年华、用最纯真的感情珍爱过的花样少年。

或许有一天，我们都会遇到这样一个别人的少年，他是我们在历尽千帆后遇到的那个人——这个男人，已不再年轻，或许不够英俊、不够幽默、不够有钱。

这个男人，在我们眼中平凡且不甚如意；但是，请善待他。

因为，每一个我们视若草芥的男人，都可能是别人视若珍宝的少年；每一个我们恣意伤害的男人，都可能是别人倾心爱过的少年。

当你遇到这个别人的少年，请用最柔软的心对他——正如当初，那个你视若珍宝的少年。

11. 让人不假思索地认同你

我有一个女同事，她是个正直善良的女孩，只是因为相貌平凡，左脚有轻微的残疾，她非常自卑。

有一次，她对我说："你不会明白我的痛苦，我长这么大，从来没有被一个异性追求过，每个节日也都是自己一个人度过。我从没收到过一封情书，从没收过一朵异性送的花，恐怕再也不会有人爱上我了。"

不，她的情况其实没有那么糟，我明明记得，她是有过机会的。

比如某段时间，这个女同事乘坐公交车上班，总是遇到一个男孩。每天一起经历同一段路程，慢慢地，那个男孩开始和她有了交流。后来有一天，男孩特地跑到公司楼下，为她送了一株水仙。

当时，办公室的同事知道了这件事，都替她高兴，因为大家平时都听过她"没有男朋友""没有人追"的抱怨。现在，她的桃花出现了，大家都认为这是个好机会，非常热烈地鼓励她往前一步，建议她打电话向对方致谢，或者回馈一个小礼物。

然而，这个女同事却无动于衷，只是很冷淡地说了一句："他并没有追我啊!"想了想,又说,"他不是我的菜!"

"你有遇到过你的菜吗?"后来我问她。

"有。"她说,"但是他们都不喜欢我。"

事实上,很多女孩迟迟没有恋爱的原因,并不是她们自身条件造成的,而是被她们对爱情的态度所局限。我告诉同事,她的问题在于:"总是选择了不喜欢自己的人来喜欢,于是,在后来的日子里对感情太悲观、消极、被动。"

没有恋爱经历的女孩,往往太迷信爱情的感觉。遇到一个男孩,她们会在第一时间就做出判断:我对他没感觉,这个人不是我的菜。她们不仅需要一个很对的人才能够开始,还需要对方很热烈地追求自己才能开始。这两项苛刻的前提条件,导致了她们从来没有机会开始。

因为第一印象或某个细节就否定了所有的可能,这其实是很武断的一件事。就像去商场买鞋,第一次去买鞋,我们绝不会看一眼就断定哪双鞋该买或者哪双鞋不该买,旁人总会建议我们试一试。

当鞋子试得越多,我们才越来越会选鞋,我们才越来越会懂得,哪类鞋子才适合我们。我们对鞋子的品位和审美,也在不断的尝试中建立了起来。

而爱情也一样,一个没有谈过恋爱的人,是不能轻言谁适合你或谁不适合你的。因为你之前对爱情的审美观,全部来自爱情小说,来自旁人——要知道,爱情故事与现实体验之间有很大的差距。

小说和电视剧会让你误会：男人要捧999朵玫瑰穷追猛打或跪在你面前，才算是在追你；要为你寻死觅活、抛父弃母才是真的爱你。

而现实会告诉你，没有一个男人是非你不可、没你就活不下去的，他们往往就是捧一株水仙前来投石问路，若你没有任何反应，他们马上就会改弦易辙。

所以，我建议那些总是抱怨没有男友的姑娘们，没有999朵玫瑰之前，不妨先接受一株水仙；在遇到王子之前，不妨去试一试与青蛙恋爱——你不试一试，就永远不知道他到底是真的青蛙，还是被魔法变成青蛙的王子。

不要害怕吻错，不要害怕受伤，与终将获得的幸福相比，这点付出是值得的。

年轻的时候，我们非常期待王子的水晶鞋。只有在试穿之后，我们才知道，传说中的水晶鞋其实又硬又笨，根本不适合日常走路。

年轻的时候，我们会不约而同地说：我们的另一半要又高又帅又浪漫。只有在试过之后，我们才会发现爱情其实不是按图索骥，它应该有一切的可能——我们最终爱上的人、最终给我们幸福的人，往往并不是我们一开始想要找的人。

有人说，女人是男人的学校。其实，男人何尝不是女人的学校——正是在恋爱中，对方教会了我们撒娇、调情、温柔和关怀，以及如何做一个可爱的女人。

一个从没有和青蛙恋爱过的女孩，就算真正的王子站在她面前，她很快会有另一种遗憾：我恨自己手足无措，不知如何表现；我恨自己太紧张、羞怯、笨拙和不够完美。

每一个找到真爱的姑娘在遇到真命天子之前，可能吻过了很多青蛙。因为经历过了不适合的人，她们才会懂得哪些人是适合自己的；因为经历过失败的恋情，她们才懂得如何珍惜和把握自己的缘分。

12. 你得了一种很流行的病

有网友问：为什么会因为太喜欢一个人，而不想与其在一起？

我回答：因为对失去的恐惧感压倒了对幸福的渴望。因为你小时候缺乏被爱和肯定，导致长大后不相信自己，不相信自己能得到爱，不相信自己能长久地留住爱。

你以为自己不够好，不配得到那么好的爱。你以为即使对方爱上你，也是因为他不了解你。一旦他了解了真正的你，有一天就会离你而去。

你害怕失去，宁愿不要开始；害怕伤害，索性连幸福的可能也一起拒绝。

这是一种病，叫爱无能。

你要遇到很爱很爱你的人，很用力地爱你，很坚定地和你站在一起，要用很长时间你才会慢慢痊愈，才会开始自信，才会开始相信——其实，自己是可爱的，是值得被爱的。

我在论坛上随性打下这番话，万万没想到，一夜之间评论区冒出上百名网友表示感同身受——很多人认为自己正是这样的人。

有网友表示，希望我对此问题做进一步阐述。我知道他们想问，既然这是种病，那究竟要怎么治？

事实上，当我们爱上一个人的时候，难免会心生一点自卑，连骄傲如张爱玲这样的女人，遇到胡兰成也写出了这样谦卑的句子："见了他，她变得很低很低，低到尘埃里。但她心里是欢喜的，从尘埃里开出花来。"

爱情就是会让对方无限拔高，让自己低到尘埃里的一件事，有时让许多人患得患失，欲迎还拒。病情严重者，干脆对喜欢的人直接敬而远之——喜欢的人不敢上，不喜欢的人看不上，在想爱不能爱的纠结中，有些人蹉跎成了剩男剩女。

我们常常在电视里看到这样拒绝别人的情节：一方不顾另一方苦苦挽留，狠心地说出"我怕我无法给你幸福"，留下绝情离去的背影。其实，他自己心里已是万箭穿心，虐得死去活来。

有些人在现实中也如法炮制，误会有一种爱叫作放手——"我怕我无法给你幸福"成了拒绝别人高大上的理由。脱口而出那一刻，你心里会澎湃某种悲壮和伟大的情感：我拒绝你，只是为了成全你的幸福。如果有背景音乐，那么一定是陈晓东唱的歌曲：请你一定要比我幸福，才不枉费我狼狈退出……

不不不，这根本不算什么伟大的成全。轻言放弃太简单容易，选择去呵护和维持一份感情才是更具有挑战的一件事：去爱，需要勇气，需要决心、付出、责任。拒绝一个自己明明喜欢的人，不是因为你想对方过得更幸福，只是因为你懒、你输不起、伤不起，你是一个爱的懦夫。

懦夫的根源是自卑。如果你是王思聪，全微博的 90 后都在喊你"国民老公"，你一定自信心爆棚，不知道自卑两个字怎么写——这世界上只有你不想爱，没有你不敢爱。

可是你拼不了爹，你只能靠自己。放弃和逃避只会让自己越病越重，你要正视自己的病根，迎难而上，正视它、击溃它。

爱一个人最正确的做法是：因为爱她，我要努力让自己成为强大的人。觉得配不上她，觉得很自卑，那就去努力啊，去努力让自己变好，努力配得起对方——如果身材不好就去健身，没有内涵就去学习，没有钱就去拼命赚啊！

天知道，你会不会努力着努力着，某一天，突然就发现，其实她并没有你想象中的那么好，其实是她配不上你呢？不过，那也好过在午夜梦回的时候顾影自怜，意淫自己用心良苦的多情：我情愿放弃今生至爱，我好伟大……

生而为人，你要勇敢一点。就如 Alfred D'Souza 神父所说：去爱吧，像从来没有受过伤害一样；跳舞吧，像没有人欣赏一样；唱歌吧，像没有任何人聆听一样；干活吧，像不需要钱一样；生活吧，像今天是末日一样。

如果你喜欢一个自以为比你好的人，就去"高攀"吧，因为，这也许是让你变得更好的机会。

13. 请扔掉你的遮羞布

我有一个闺密长得很漂亮，我觉得她是世界上最单纯的姑娘。

她的第一个男朋友，我也熟识，因为他是我的老乡。刚开始，他经常跑来找我们玩。所谓的玩，也不过是三个人从街头逛到街尾，有时吃点路边摊的烤串什么的。

后来他们在一起了，我们的"三人行"变成了他们的"二人行"。

他唯一的家当就是那辆破单车，在周末，他会载着她去远一点的地方玩。

她猜不到那里会有什么精彩节目，但她的心是甜的。每次约会回来，她的脸上都会洋溢着幸福的光芒。

我们三个人当中，他的家境最差。他第一次跟我借钱，说是要做生意，卖什么直销产品，本钱不够。闺密没有钱借给他，我就不假思索地跑到银行把钱取出来给了他。

借给他的钱，不久他就还给我了。可是，过了一段时间，他又因为别的事情向我借钱。

我感觉他总是缺钱，只不过，因为他是我好朋友的男朋友，同时也是我的朋友，我并没有因此对他印象不好。

后来，我们因工作原因而分散到城的不同地方。

直到有一天，闺密突然跑来找我，说是替她男朋友来借钱，而借钱的理由是：他想买台电视机。

这一回我生气了，倒不是因为钱，而是觉得他很过分：

第一，大家都工作了，怎么连几千块钱都没有呢？

第二，电视机又不是生活必需品，我也没有买电视机呢！

第三，跟我借钱你得亲自来，我们又不是不熟。那么，你派女朋友来是几个意思？

所以，我非常直接地拒绝了她："你有什么需要花钱的地方，钱不够时，我会借给你的。但是，我绝对不会借钱给一个让自己的女朋友出来借钱，还是给自己买电视机的男人。"

可她真的很爱她的男朋友，当时不惜为了这件事跟我磨了好久的嘴皮子。

我的倔脾气上来了，死活就是不肯答应。这导致那天我们不欢而散。

两年后，他们分手了。看着闺密伤心的样子，我没有问她和男朋友分手的原因。倒是有一天我遇见她的男朋友时，他向我暗示了分手的原因：女方家里嫌弃他家境贫寒。

可是，我在其他同学那里听到了另一个版本：他劈腿了。

前一阵子，我在知乎上看到一个帖子，大意是：我女朋友从18岁就跟我在一起了，我们谈了七年恋爱，现在她居然因为我没有房子而离开了。

我没有去回答这个问题，是因为我发现"群众的眼睛是雪亮的"——大家都没有被他的言辞误导，去指责他的女朋友。

有时候，穷已经变成某些渣男的万能遮羞布了——只要有人拒绝他，或者女朋友和他分手，他不会反思自己哪里不够好，反而会简单粗暴地将原因归咎于自己工资低、没房子。他会认为，全世界的女生都拜金，唯利是图。

这话说得好像以前你们一个个都是富二代，只是因为家道中落，女朋友才和你分手似的。你以前还不是一样没钱吗？

然而，那个曾经坐在你的单车后面的姑娘，曾经和你吃路边摊的姑娘，曾经和你一起借钱捱苦日子，把最好的青春付给你的姑娘，她为什么没有陪你到最后？是因为她变得现实了，越来越物质了吗？

其实，大多数女生没有那些渣男想象的那么俗，毕竟每个女孩子最初都有一个同样的梦想：和喜欢的人在一起，只要很多很多爱，不在乎很多很多钱。

如果有一天，她离开了你的单车，也许不是因为她变得现实了，而是你让她哭了。因为她发现，即使她心甘情愿地坐在你的单车后面，也得不到你的多少爱——与其坐在单车上哭，不如坐在宝马里笑。

所以，你就想，我那个闺密后来找了个有钱人嫁了吗？

不不不，她仍然找了个与她的初恋一样穷的男人，不顾家人的反对嫁给了他；不过，他是个有担当，沉默而努力的好男人，现在他们的生活过得越来越好了。

感谢那个曾经义无反顾地坐在单车后面的姑娘吧，如果你真正爱过她，即使她后来离开了你，此后的人生，请祝福她吧。

14. 套路虽好，滥用也有害

很多女孩子喜欢研究星座，或学习某些情感专家的"恋爱大法"。这是因为，她们相信：针对不同星座的男人，需要采取不同的情感策略。而学一点"恋爱秘籍"的话，有助于让自己在恋爱中处于不败之地。

有时候，技巧和套路的确管用，它会让别人因为误会而喜欢上你。

在初期阶段，你借用不属于自己的方式，去制造出一种幻象，这种幻象有利于你获得露水情缘，却不太经得起时间的考验——因为对方喜欢的很可能只是套路，而不是你。

然而，在长期的相处中，技巧和套路并不那么重要，你可以把它当作一种调味剂，获得锦上添花的效果。但如果把它当作主食，就会误入歧途。

长期稳定的相处，考验的是两个人的三观以及生活习惯上的契合度。例如，两个人因为金钱往来、人际关系、为人处事等产生重大分歧或矛盾，那将不是用哪种"星座指南""恋爱秘籍"就能化解的。

网上有人问我："该怎样与男朋友相处，会让他越来越爱自己？"

我想说，在这种事上，临时抱佛脚没什么用。这是因为，爱情绝不会因为你从别人那里获得某项建议，比如说什么话，买什么礼物等，就可以一劳永逸。

其重点在于，他本来就很适合你：你们性格互补，志趣相投，三观一致。

你喜欢的是真实的他，不会在某天早晨醒来，因为突然觉得他不够上进，就开始催他去考公务员。

他喜欢的是真实的你，不会在某天早晨醒来，因为突然觉得你怎么只会聊韩剧，或者看腻了你的妆容，而开始嫌弃你。

在感情里，选对人远比用什么方式与对方相处更为重要。

就如前一段时间，我看到这样一个帖子：一个男生在抱怨他的女朋友什么都不懂，人又无趣。因为他平时喜欢文学、健身、玩游戏，而女朋友只喜欢看韩剧。

我想问问那个男生：你一开始干吗去了？你的女朋友又不是跟你在一起时才什么都不懂的，还不是你一开始"精虫上脑"，只考虑对方漂亮，而完全忽略了其他问题，才会在日后产生你说的这样那样的问题。

所以说，问题并不在于他的女朋友身上。

这个世界上，无论你懂什么，喜欢什么，有怎样高尚或低俗的兴趣，都会有人觉得你无聊，也都会有人觉得你有趣。

也许在他的女朋友眼里，也同样觉得他很无趣，没准还嫌他不喜欢看韩剧，不懂得怎么和她聊韩星呢。如果她找的是一个同样迷韩剧的男朋友，他会觉得她不要太有趣了才好呢。

你说，为了让他们更好地相处，到底是该让女朋友迁就他，去喜欢文学、健身、玩游戏呢，还是让他迁就女朋友，去喜欢韩剧呢？

我想说的是：如果一个男人觉得双方有共同语言是一件很重要的事，为什么不在一开始就认真地找一个和自己有共同语言的女朋友呢？

现在的情况是：不管让谁去改变自己的喜好，去迁就谁，都是一件难度非常大，让自己非常不舒服的事。更何况，志趣不合，也只不过是他们在相处中遇到的第一个矛盾而已，后面一定还会有更大的分歧。

所以，两个人能不能相处得越来越舒服、默契，越来越相爱的重点在于：让羊尽量找到羊，让狼尽量找到狼。也就是说，要让喜欢健身的在一起，让喜欢看韩剧的一起。这样，双方就能够最大限度地彼此欣赏和理解。

可是，有时候狼会爱上羊，于是用套路将自己也伪装成羊；或者，羊为了得到狼的爱，用套路将自己伪装成狼。

这都是悲剧的开始。因为狼可以为了短暂的激情取悦羊，暂时将自己伪装成吃素的；羊也可以为了短暂的激情取悦狼，暂时勉强自己吃点荤。

可是，总有一天，当双方真实的性情浮出水面，有人便不想再演，有人便懒得再演——套路就用不着了。

两个不同种类的人在一起，一开始已经注定了分歧。如果再将两个人的未来寄托于自己能为对方改变本性，或者对方愿意为自己改变本性，那就大错特错了。

当你想以长期相处为目的，就不要过分去伪装自己，不要去做扭曲本性的改变——真正适合你的人，不要你去学习太多的恋爱技巧来取悦他。你是怎样的人，就让对方看到怎样的你。

"多一点真心，少一点套路"，不过是为了避免狼爱上羊，或是羊爱上狼的悲剧上演。

15. 拒绝沟通，你只能沦为试吃品

某天，一位女网友跟我讲了她的故事：

她是在一次聚会中认识他的，双方对彼此的印象都好，于是一直保持着电话联系。开始时，他也不是不热情，只是有一次出去玩，他想要跟她发生关系，她没有同意，然后他对她就有一些冷淡了。

她给他打电话，他不接；给他发短信，也爱答不理。后来，追问之下，他说他忘记不了前女友。可是，约他出来，他还是会来。

她很喜欢他，还是想和他继续下去，但不知道该怎么办。最后，她问我："你说他到底是怎么想的？我主动追他会成功吗？一开始不喜欢我的人，后面会慢慢改观吗？"

你问我你会不会成功，你是在把我当算命先生吗？

我不知道你说的追男成功的标准是什么，所以不太好回答你的问题。不过，我一向不主张女追男。这是因为，男人太好追了，他们是下半身动物，以至于你无法判断他与你在一起的诚意——到底是喜欢你，还是喜欢睡你。

这就好像超市里的试吃食品。

有时候，去超市购物，当促销员递给我一份我明明不喜欢的饼干、蛋糕之类的，我也会接过来，一方面因为这是免费的，试吃一下又没有任何经济损失；另一方面，这是出于礼貌，说白了，就是不好意思拒绝人家。

女生遇到不喜欢的男生追求她，通常会果断拒绝。可是，一个姿色尚可的女生去倒追一个男生，对那个男生而言，就好像超市促销员在殷勤地递给你试吃品，即使你不是真心想要，却会因为"盛情难却"而不去拒绝。

这是因为，大家的思维根本不在一个频道里，你想要的是爱情，而他想要的是情欲。于是，就产生了一个巨大的误会：你以为他一开始没有拒绝你，你一约他就肯出来，甚至还有各种反馈表现，就是接受了你。

可是，我们在超市里品尝试吃品的时候，当促销员问你好不好吃时，我们往往会说：好吃。就是再送给你一份，你也会要，但就是不会买。

而你，因为这个美丽的误会，源源不断地给对方供应试吃品，直到对方彻底腻了。所以，当你开始苦苦追问对方为什么分手时，却遭到对方反问："我们爱过吗？"这多么尴尬。

有些女生不是不明白这个道理，只是过分高估了自己：我愿意这样委曲求全、坚持奉献，总有一天，他必会被我的诚意打动吧。

努力追求和付出是不会感动一个不爱你的男人的，那不过是一种情感上的强买强卖。世界上有哪种试吃食品，是以"永远免费"来打动人心的？

不过想想，也许还是会有的。比如，那个人资质太 low，他买不起正品，从此又没再遇到更好的试吃品，你们两个就可以在他的将就里"天长地久"了。

如果他是个男神级的人，你锲而不舍地奉献出自己的深情，他会高兴和感动吗？其实，就像弗吉尼亚·伍尔芙所说："出来找乐子的男人，碰到用情太深的女人，犹如钓鱼钓到白鲸。"

有些喜欢钻牛角尖的痴情女，对于她深深爱着的男生，追着追着，到后来无计可施，就会祭出超级大招：死缠烂打，寻死觅活之类的。

对那个男人来说，他根本不会感动，这会更加让他感到可怕：他觉得太倒霉了，怎么在浅海也会钓到白鲸呢？更严重的是，没准他还会被你拖入水底，窒息而死！

有时候，那些沦为众矢之的的负心汉，其实也挺可怜的：他们被迫去接受一份他们无福消受的爱情试吃品，不肯收还不行——那会被人骂作渣男。

我知道我这么说，也阻止不了某些人那所谓的"奋不顾身的爱情"，因为他们"只在乎曾经拥有，不在乎天长地久"。

如果那个人对你来说真的是可遇不可求，我只有一个忠告：不要让自己沦为"白鲸"。

16. 别再斤斤计较地做人

有一天，我在 QQ 上约一位女友出来吃饭，并且告诉她，我还约了另一位朋友。

其实，这位朋友她也认识。他人特好，每次请我吃饭，都会非常有诚意地多说一句："你有没有同事或朋友想来，我今天可以一起请吃饭。"

所以，我带她去蹭了好几次饭。

结果，这次她却表现得很吃惊："你为什么要请他？"

我不明白她为什么会这么吃惊，于是解释说："现在他在外面谈事，办事的地方离我单位很近，所以我就约了，而且他和你一样喜欢吃烤肉。"

我觉得这事很简单且理所当然，她却不能理解，仍追问："那么，你为什么要买单？"

听后，我有一些不开心："没有为什么，就是吃饭而已，我请你吃饭也没有为什么。"

我这个女友读过很多书，月收入也上万，可是在她的观念里，如果没有特殊原因，女人是不能为男人买单的。

和她一起来往的这些年，她跟着我去蹭饭的次数不计其数，而她也一直羡慕我那些既大方又乐意买单的朋友。

后来，有一回我无意看了她的QQ，发现不知道什么时候，她默默加了我的朋友到她的QQ好友里。她可能以为，这样以后就会有人替她买单吧。

我觉得她误会了。之所以有人愿意为我买单的最重要的原因，并不是我认识了多么有钱、大方的朋友，而是我也一直在为朋友买单。

为什么有些人无法和异性保持友谊，最重要的原因是金钱上的不平等。比如，有些女人认为，和朋友一起出来吃饭、娱乐，如果朋友里有男士，消费后男士付钱是天经地义的。

其实，这不是在交朋友，而是在找冤大头。谁请你吃饭都不是天经地义的，不管对方是不是男性、有没有钱。没有人喜欢被当作冤大头，当然，想让你肉偿的另当别论。

就拿我自己来说吧：我爸以前在一家超市当经理，有一次，一群同学过来买东西，我给她们全部免单了。当时，有的同学比较客气，想要付钱，然而有一位同学阻拦住她们，说："别付，反正西西的爸爸能报销。"

我听了以后有点不高兴。我已经损失了利益，还被她当成天经地义，连一点诚意都没有。而对那些稍微表示想要付钱的同学，我会更愿意再请她们，因为我觉得她们能体恤我，愿意感谢我的付出。

在被请客这件事上，我有一个朋友做得特别好。每次，不管我请他吃什么，去苍蝇小馆子还是路边摊，他都会表现得很高兴。吃完了，他还会非常郑重地一再感谢我："谢谢你，今天吃得很开心，下次就由我来请吧！"

这样的人，会让别人乐意请他吃饭。

所以，我也会在别人请我吃饭后，郑重地表示感谢：谢谢你请我吃饭，下次就由我来请吧。

其实，这无关金钱，只是对对方付出的一种肯定，是在表达这样的意思：我之所以来吃饭，不是为吃饭而来，而是为你而来。

有人会说，可是我的朋友比我有钱，我跟不上他的消费水平——我若像他请我吃饭那样回请他，我会破产的。

但是，你并不一定非要请他吃那么贵的饭，你在自己的能力范围内有所表示和付出，你的朋友就会感觉到尊重，就会很高兴。

我认识一位朋友，那时候他因为开餐厅失败了，并没什么钱。那段时间，他还失恋了。我还记得，我们最后一次见面，我约他去宝龙玩投篮机，他带我去某条小巷子吃小吃，我们当时轮流买单。

这事已经过去几年了。现在，我从朋友圈的状态看得出，他混得不错：开了好几家餐厅和咖啡店。

其实，我并没有帮过他什么，然而他一直对我说："你是我永远的 VIP，我的餐厅永远对你免单。"

我知道，我愿意去蹭饭的话，他一定会兑现这个诺言。所以，过去这么久了，我一直没去过他新开的那些餐厅。

这是因为，对我而言，能拥有一个这样信任我的朋友，比拥有一家永远对我免费的餐厅重要得多——我更愿意消耗我的钱财，而不是别人的友情和信任。然后，这家伙偶尔会在我的公众号中冒出来，打赏一笔钱，再默默地溜走。

前几天，一位女友向我吐槽：遇到的男人太小气了，不肯为她买单。

她问我："要怎样才能花到男人的钱？"

我的答案是："当男人相信，你并不是为了他的钱而来的时候。"

这像是个悖论啊，可现实就是这个样子。

所以，不管你想不想花别人的钱，你都要努力赚钱，你得自己有钱。你要把别人替自己买单这件事当作锦上添花，而不是雪中送炭——因为越需（想）要花别人钱的人，越不容易花到别人的钱。

17.你需要的不是物质而是自由

我只有两三个包包，以大小和功能分类，目前最常用到的是一个尼龙包：它的优点在于容量够大、够轻、够牢固，可以满足我的所有需求。

因为平时动辄就要用包包装书，寻常的包是经不起这种折腾的。我以往用的包包的带子，经常会因为负重而断掉。

对我来说，这个包的设计合适极了，可以从六个方向承重。还因为它非常便宜，我背着它去图书馆，可以随意将它扔在地上。有时候会踢掉凉鞋，踏在包上去够书架上层的书。

然而，按一些公众号作者的观点，用便宜包包这事，显然证明了我自己也很"便宜"：因为用的是便宜包包，我肯定不够爱自己。

她们说，每一个有智慧、有品位的女人，理所当然地要买最好、最贵的东西；每个女人都要做自己的女王，因为你够好，所以配得上一切。

每次看到这些人不约而同地输出这样的价值观，我都觉得她们说得好有道理。若不是我顽固不化，我也会忍不住怀疑：我是不是在虐待自己？

我现在几乎不逛街，买衣服会到固定网店去选购，而且只买简洁的单色基本款，不用考虑搭配问题。

我现在也极少化妆，只做清洁保湿护肤和防晒，头发保持自然状态。

有一次开策划会，为一个品牌鞋想营销方案，领导突然问我："你平时穿什么牌子的鞋？"

我不假思索地回答："我穿'没牌子'（其实，自己穿的鞋也不是没牌子，只是我没去认真看）的鞋。"

我过着极简的生活，主要是为了节约时间，同时也真的很省钱。所以，和许多人比，我好像"亏待"了自己。

某个阶段，我也爱买买买，还向闺密灌输过这样的理论：一个女人，每个季度要用 5 个以上的包包，因为要去不同的场合，搭配不同的衣服……

结果，闺密从此就踏上了买包包的不归路。现在，她家的衣柜深处，埋藏着 60 个以上各种颜色和形状的包包。

有一天，我打开衣柜，看着爆满得快要"蹦"出来的衣物，突然之间感觉无比厌倦。很多衣服买回来后，我连吊牌都没有摘，它们不仅浪费了我的钱，还让我在选购过程、考虑搭配、整理衣柜时耗费了大量时间。

我在心里问自己：我为什么需要这些东西？难道，就是为了自我感觉良好，为了开心？

当然，如果花钱能让自己一直很开心，也是值得的；只是，通过物质满足自己，是一个效果递减的过程。

第一次给自己买一个喜欢的包，你会很高兴；第二次、第三次再买，这种行为能带给你的快乐感受会越来越弱，你慢慢也就习惯了。如果你想要维持这种快乐状态，就还想要买车、买别墅……

一个人的欲望是无穷的，通过买东西来满足自己，不能令自己永远快乐，而只会变得越来越难以满足，越来越难以快乐。

当我领悟到这一点，我果断地来了个 180 度大转弯。我认为，一个人想要获得真正的快乐，不是永无止境地满足自己，而是在一定程度上舍弃欲望和对物质的追求。

当我不再需要那么贵的包包，不再需要那么多的衣服的时候，我对赚钱这件事就没有那么焦虑和迫切了——我不需要为了钱太委屈自己，我不需要为了钱勉强自己做不喜欢的事，去迎合不喜欢的人。

我可以结交新的朋友，而不发展人脉。

我可以选择做相对低薪、但是我真正喜欢的工作。

我可以选择用自己喜欢的方式去努力，努力做不赚钱的事情，比如在公众号里乱写。

总之，我可以任性。

有一次，我在知乎上发了一篇文章，有个编辑联系到我，表示愿意采用这篇文章，但要求我把知乎上的内容先删除掉。

我说："我好不容易才得到过千的点赞，我可舍不得删。"

他说："可是，我们会支付给你很高的稿费，你发在知乎上又赚不到钱。"

我说："我不差钱。"

哈哈，我这辈子难得有机会可以说这种任性的台词，恍然间错觉，自己非常高大上。

我差钱吗？当然差。就是因为我既差钱又差时间，我才需要选择舍弃一些世俗认为好的东西，去拥抱自己内心觉得好的东西，用自己喜欢的方式赚钱。

如果我是富二代的话，我根本不用考虑这么多，完全可以鱼和熊掌兼得。然而，对我而言，有些舍弃是值得的，因为我相信：这个世界上比包包更贵的，是心的自由。

结　语：做一个内心强大的人

一、多读书

在广泛而有深度的阅读里，你将建立稳定的三观。

稳定的三观是内心强大的基础，当你在阅读中慢慢认识自己、认识世界，你就会总结出一套真正属于自己的人生理念：你知道自己想要什么，怎样做最舒服、对自己最有益。

这样，你就不容易被别人左右，不会今天看了一篇文章觉得好有道理，就这样做；明天听别人那样说，又觉得好有道理，又开始那样做——结果，你摇摆不定，太容易相信别人，被别人牵着鼻子走。

其实，很多看似正确的道理，未必真正适合你。而你太在乎别人的原因，就是不敢相信自己，误以为别人才是对的。

当然，还有一种内心强大叫"无知者无畏"，但它往往是因为我们获得了一定的见识，学会了一定的技能，才对世界无所畏惧的。

二、有能力

除了思想独立，经济独立和生活独立也是成为一个内心强大的人的基础。一个处处倚仗别人的人，会没有安全感，所以永远谈不上内心强大。

如果你经济独立，生活独立，你就会有安全感，会有足够的信心。你的世界里就是少了谁，你也相信自己能过得很好，这就是内心强大。

相反，有些人经济不独立，生活不独立，没有安全感，谁也不敢得罪。所以，每种关系他都要尽力去经营，觉得有一天谁都有可能帮上他的忙。

你要知道，你自己没有能力，无法帮到别人，别人也不愿帮你的忙。

三、有理想

有了理想，你就会笃定一个信念，不轻易偏离固定的轨道。

当理想明确了，你就不容易迷失，不会东张西望。你就会知道什么重要，什么不重要，也会因此而看淡很多事情。因为你知道，除了理想以外，其他的都是浮云。

所以，当你有了明确的目标时，你就会时时提醒自己需要做什么，从而不会在无谓的事情上浪费时间。如果你的目标是山顶，你就不会纠缠路上的花花草草。

四、无欲则刚

人都有欲望，所以会患得患失。但是，你要尽量做到：别渴望占有太多的东西，该舍弃的要舍弃。

你想要成为受欢迎的人，所以总是害怕说错话、做错事，让别人不高兴。你害怕孤独，所以就连一些你明明不喜欢的朋友，你也不敢失去……

而对于内心强大的人来说，这个世界上，没有什么东西是一定要拥有的，没有什么朋友是不可失去的。

一个人在什么时候最脆弱？除了在生病、受挫时，就是爱上一个人的时候。

当你爱上一个人，你就有了得到和占有他（她）的欲望，会为他（她）左右，从而失去自己。

但爱是软肋，不是盔甲，你在乎得越多，你受的束缚就越多。